Il Annie ooo

Bon et beau

séjour sur l'île

de Coll

Robert Blake
12/09/15

D1347495

Robert Blake

Kaya

Les éditions du 9e jour inc.

Les éditions du 9e jour inc.

Catalogage avant publication de Bibliothèque et Archives Canada

Blake, Robert, 1964-
Kaya

ISBN : 978-2-9809785-0-0

I. Titre.
PS8603.L33D39 2007   C843'.6   C2007-940090-6
PS9603.L33D39 2007

Illustration de la couverture : Anik Lafrenière
Photo de Robert Blake : Sylvie-Ann Paré
Correction/révision : Rachel Fontaine, Michelle Bachand, Guillaume Labbé
Renée Bédard et Marie-Chantal Plante

Couverture, infographie et mise en pages :
DesJardins Conception Graphique inc. / www.djcg.qc.ca

Dépôt légal - Bibliothèque et Archives Canada, 2007
Dépôt légal - Bibliothèque et Archives nationales du Québec, 2007

Les éditions du 9e jour inc.
C.P. 271, Succ. Saint-Laurent, Saint-Laurent (Québec) Canada, H4L 4V6
www.9ejour.com
Courriel : info@9ejour.com

Remerciements

Je tiens à remercier :

Le public, les milliers de lecteurs de *La petite pomme* et les écoliers pour avoir fait de mon aventure littéraire une expérience humaine absolument extraordinaire;

André, Benoit, Dominique, Eddy, Élisabeth, Francis, Fred, Gabriel, Jeanne d'Arc, Jean-Yves, Josée, Julie, Lise, Louise, Lucie, Marc, Patricia, Pauline, Réal et Sabine pour leurs lumières et leurs encouragements;

France pour sa confiance;

Anik pour ses coups de pinceau inspirés;

Louise-Marie pour son œil d'aigle;

Rachel, Michelle, Guillaume, Renée et Marie-Chantal pour leur œil de lynx;

Marie Josée pour m'avoir aidé à prendre mon envol;

Betty et Ross pour le voyage en Italie;

Heather, petite fée de la Nouvelle-Écosse, pour tout...

Il y a plus important
que le rêve,
il y a le chemin
qui nous y conduit...

Préambule

Source intarissable de mythes et de légendes, l'Irlande fascine. Pays de contrastes formé de montagnes, de falaises abruptes, de lacs et de prairies verdoyantes, l'île Verte[1] berce le cœur de ses visiteurs au son d'une musique fière et rebelle. S'il y a une magie verte sur terre, l'Irlande en est son essence.

L'idée de visiter ce pays ne m'avait jamais traversé l'esprit avant ce lundi matin du mois d'août au cours duquel ma tête vaguait au rythme de mes souvenirs d'Italie du Nord, de ma rencontre avec la jeune Paola et de ses yeux brillants[2]. Sans trop savoir pourquoi, je sentis que le temps était venu pour moi de partir à la découverte de la terre de mes ancêtres. Je me retrouvai, quelques jours plus tard, rue O'Connell, principale artère de Dublin. En descendant de l'autobus, la façade d'un mignon petit hôtel attira mon regard. Le hall d'entrée était chic et coquet. Il ne restait plus qu'une chambre de libre, laquelle je m'empressai de louer.

Un soir, alors que je marchais au hasard des rues de Dublin, je m'arrêtai dans l'un des nombreux pubs de

---

1. L'Irlande est surnommée l'île Verte.
2. Voir du même auteur et chez le même éditeur *Le Voyage*, 2010.

Temple Bar, le quartier touristique de la ville. À l'extérieur, une affiche annonçait un festival de contes et de légendes mettant en vedette un certain Charles Le Brown, alias Mister Charles, le plus grand conteur d'Irlande. Malgré l'heure tardive, je décidai d'y entrer : je n'aurais pas manqué ce spectacle pour tout l'or du monde. Seule ombre au tableau, dès que je mis les pieds à l'intérieur du pub, le dernier conteur de la soirée descendit de la scène! Déçu et la mine déconfite, j'étais sur le point de m'en retourner lorsque deux hommes aux sourires espiègles m'invitèrent à me joindre à eux d'un signe de la main. Bien qu'un peu timide, j'acceptai leur invitation.

Ma surprise fut totale au moment des présentations. Le premier était le célèbre Mister Charles, alors que le second n'était nul autre que Monsieur Jacquot, ce même vieux sage dont m'avait parlé Paola en Italie. Tel un enfant qui dit : « Raconte-moi une histoire! » je m'installai à leur table, les yeux et les oreilles du cœur grands ouverts. J'eus droit à un merveilleux voyage au royaume de l'imaginaire…

Première partie

L'île de Coll

Il est une île au visage inconnu que l'on ne trouve sur aucune carte routière. Elle a pour nom l'île de Coll. Située au large des côtes d'Irlande, elle représente l'un des nombreux ponts entre le monde des humains et celui de l'imaginaire. Selon la légende, quiconque y met les pieds s'en trouve à jamais inspiré. Cela explique pourquoi, au fil des siècles, de nombreux écrivains et poètes l'ont recherchée et la recherchent encore aujourd'hui. Or, on ne doit pas chercher l'île de Coll, c'est elle qui vient à nous.

Malgré ses alentours rocailleux, l'île regorge de fleurs et d'arbres de toutes sortes, dont de magnifiques chênes blancs et des noisetiers. La beauté du paysage y est saisissante. Le trèfle, symbole magique du pays, s'y fait abondant et accompagne le marcheur dans les nombreux sentiers qui sillonnent l'île. L'océan Atlantique a modelé ses berges et ses falaises. L'île de Coll ne compte qu'une centaine d'insulaires tout au plus, principalement des personnes âgées chez qui le temps rude a façonné leur visage, telles les mains du sculpteur sur l'argile. Seul un pêcheur assure la liaison avec l'île Verte. Fait cocasse, toutes les portes d'entrée des maisons de l'île de Coll sont étonnamment petites en hauteur, comme si ses habitants refusaient de grandir.

Il y a de cela une trentaine d'années, à l'aube de la cinquantaine, monsieur Le Brown s'était levé un matin avec l'impression que sa vie manquait de pétillant. Amoureux de la même femme depuis l'âge de seize ans, père de quatre beaux grands enfants et à l'aube d'une retraite qui s'annonçait paisible, sa vie, quoique routinière, se déroulait plutôt bien.

Tel l'océan qui nous renvoie une bouteille contenant un message des dizaines d'années après sa mise à l'eau, il arrive que la vie nous ramène des rêves d'enfance enfouis dans la mer de nos pensées. En cette matinée printanière, affichant une chevelure ébouriffée, monsieur Le Brown ouvrit la porte d'entrée de sa modeste demeure pour cueillir son journal qui l'attendait vaillamment sur le perron. Ébloui par le soleil, un œil fermé et l'autre à demi ouvert, il posa le pied sur une grande enveloppe brune lui étant adressée. Intrigué, il se gratta le dessus de la tête avant de décacheter l'enveloppe d'un grand coup d'index. Surprise! Elle contenait une clef en fer forgé, des indications routières tracées sur un bout de papier rose, ainsi qu'une note écrite de la main de celle qu'il appelait affectueusement « Tante Rosie », la meilleure amie de sa mère. Voilà qu'elle lui laissait en héritage sa maisonnette de l'île de Coll. Rosie lui en avait vaguement signalé l'existence alors qu'il était enfant.

Monsieur Le Brown adorait cette femme qui avait toujours plein d'histoires à raconter. Alors qu'il était haut comme trois pommes, elle lui avait prédit qu'il deviendrait un jour un grand conteur. À défaut de devenir un conteur d'histoires, il devint dans la jeune vingtaine un professeur d'histoire. Comme Rosie ne donnait pas sa place à l'heure de jouer des tours, monsieur Le Brown crut à une autre blague de sa part. Toutefois, à l'instant où il déposa l'enveloppe au fond du tiroir de son pupitre, la sonnerie du téléphone retentit. C'était sa mère au bout du fil. En pleurs, elle lui annonça le décès de sa vieille amie.

Surpris et attristé, monsieur Le Brown tenta de consoler sa mère en lui remémorant les mille et une prouesses de Rosie, qui avait toujours vécu comme si chaque seconde était la dernière. Chez elle, le simple geste se faisait danse, le verbe devenait contes et légendes, alors que la plus petite des bricoles se transformait en œuvre d'art. Émerveillée, voilà ce qui caractérisait le mieux Rosie. Lorsqu'il dévoila à sa mère le contenu de l'enveloppe, celle-ci lui répondit d'un ton empreint de tendresse : « Charly, l'île de Coll n'a jamais existé ailleurs que dans la tête de Rosie. Imagine, j'étais sa meilleure amie et jamais elle ne m'y a invitée. Elle a probablement voulu te faire une dernière blague avant de partir. De toute façon, personne n'a jamais cru à son histoire d'île magique au milieu de l'océan Atlantique. »

☺☺☺

Plus les jours passèrent et plus l'image de l'enveloppe trotta dans la tête de monsieur Le Brown, un peu comme si elle prenait la forme d'une grande bouche pour lui dire : « Charles, pourquoi m'as-tu remisée dans un tiroir? » Évidemment, monsieur le professeur avait autre chose à faire que de se préoccuper d'une enveloppe qui parle! Une nuit, Rosie lui apparut en rêve, coiffée d'un immense chapeau de paille orné de fleurs et de trèfles. Elle lui dit : « Charly, pourquoi ne prends-tu pas possession de la maisonnette? De quoi as-tu peur? L'île de Coll t'attend avec impatience, mon enfant! » Son rêve lui sembla si réel qu'au réveil il fila sous la douche, engloutit son petit-déjeuner à la vitesse de l'éclair, embrassa son épouse et prit la route en direction de l'île de Coll.

Les renseignements fournis par Rosie sur le bout de papier rose ressemblaient davantage à un dessin fait à la hâte qu'à une carte routière. Elle avait écrit que, le moment venu, un pêcheur l'attendrait au bout du chemin pour le conduire sur l'île. Rosie avait même pris la peine de dessiner le pêcheur, bien calé au fond de son petit bateau. Un peu sceptique, monsieur Le Brown chassa ses doutes en se concentrant sur son intuition que quelque chose d'important allait se passer.

Après plus de trois heures à rouler en voiture, la tête perdue dans le brouillard de ses pensées, il emprunta une route de campagne des plus tortueuses qui le conduisit directement au bord de l'océan. À sa gauche, d'énormes rochers observaient les vagues en attente d'une caresse. Au haut d'un pin solitaire, un corbeau endormi faisait mine de veiller au grain. Devant, un pêcheur bien calé au fond de sa barque l'accueillit en le saluant discrètement d'un signe de la main. L'homme invita monsieur Le Brown à bord de son bateau, qui sembla bien petit au goût du professeur pour affronter les vagues de l'océan. Après avoir enlevé chaussures et chaussettes, remonté les jambes de son pantalon, il s'avança dans l'eau, grimpa à bord de l'embarcation et enfila une grosse veste de sauvetage. Le croassement retentissant du corbeau annonça le départ.

ⓢⓢⓢ

Une fois débarqué sur l'île de Coll, monsieur Le Brown remercia le pêcheur, qui s'en retourna vers le large dans la magie d'un silence complice. En suivant les indications de Rosie, le professeur se retrouva en un rien de temps devant une jolie maisonnette, coquette à souhait. Celle-ci avait fière allure avec ses murs blanchis à la chaux et son toit de chaume. De splendides rosiers grimpants chapeautaient la porte d'entrée peinte en rouge. Lorsque monsieur le professeur glissa la clef dans la serrure, sa vie passa du mode « noir et blanc » au mode « couleurs ».

Véritable caverne d'Ali Baba, la maisonnette de Rosie comptait une multitude de bricoles, d'oursons en peluche, de poupées, de chapeaux ainsi qu'un magnifique foyer digne d'un conte de fées. Comme la porte d'entrée, tous les meubles à l'intérieur étaient étonnamment petits de taille : la table, les chaises, le canapé et même le lit. On aurait dit une maison de lutins.

D'entrée de jeu, le regard de monsieur Le Brown fut attiré par un grand livre de contes et de légendes qui somnolait sur la table. Au moment où il s'avança pour s'en emparer, un curieux coup de vent l'ouvrit à une page marquée par une enveloppe rose, laquelle contenait une note de Rosie. Il y était écrit : « Charly, toi qui as toujours hésité à devenir un conteur de peur de manquer un jour d'inspiration, tu n'as plus rien à craindre désormais. Tant que ce livre restera dans la maisonnette, des contes et des légendes s'y ajouteront au gré de tes visites sur l'île. Va et berce le cœur des gens au rythme de l'imaginaire. »

Sous le choc et les yeux dans l'eau, monsieur Le Brown lut d'un seul trait toutes les histoires que contenait son livre magique avant de s'en retourner en ville, le cœur pensif. C'est ainsi que le professeur Le Brown devint Mister Charles, et ce, au grand plaisir de sa conjointe qui le vit rajeunir d'au moins dix ans, avec en prime les yeux brillants de ses seize ans.

Monsieur Jacquot mit longtemps à croire en l'existence de l'île de Coll et du livre magique de Mister Charles. Il ne manquait jamais une occasion de taquiner son ami à leur sujet, et ce, d'autant plus qu'il existe une île portant ce nom près des côtes d'Écosse[3]. Un soir, il poussa la note un peu trop fort. Devant une centaine de spectateurs, il lança aux oreilles de Mister Charles : « Si vous cherchez l'île de Coll, c'est en Écosse qu'il faut aller! » La foule rit aux éclats. Avec un air d'Irlandais un peu fâché, Mister Charles répliqua : « L'île de Coll, la vraie, est irlandaise, mon ami! » Puis, le célèbre conteur descendit de la scène et dit à voix haute : « Regardez cette clef autour de mon cou. Il s'agit de celle que m'a offerte Rosie. » C'est alors qu'il la déposa dans les mains de Monsieur Jacquot, accompagnée d'un bout de papier rose. Il ajouta d'un ton rieur et fier : « L'île de Coll vous attend, cher ami. »

Bouche bée et pris au piège par sa curiosité, Monsieur Jacquot enfila la clef autour de son cou et glissa délicatement le vieux bout de papier dans son portefeuille. Une seule condition s'appliquait : celle de

---

3. L'île de Coll fait partie des Hébrides intérieures, un groupe d'îles situé à l'ouest de l'Écosse.

ne toucher à aucun livre, à moins qu'il ne lui soit destiné.

Le lendemain, en fin d'après-midi, Monsieur Jacquot fut lui aussi très surpris de rencontrer le pêcheur au bout du chemin. Une fois à bord du bateau, il ne put se retenir de lui poser quelques questions :

— Dites-moi, monsieur le pêcheur, êtes-vous toujours dans les parages à attendre les gens qui désirent se rendre sur l'île de Coll?

— J'y suis lorsqu'on me le demande.

— Comment saviez-vous que je viendrais aujourd'hui?

— Ce doit être parce que vous en avez fait la demande. Je ne me déplace jamais pour rien, vous savez.

— Je vous prie d'excuser ma curiosité, mais quel est votre rôle?

— Je suis à la fois un pêcheur et un passeur.

— Un passeur?

— Oui, j'aide les gens à passer du côté de l'imaginaire.

Abasourdi par cette réponse, Monsieur Jacquot ne dit mot jusqu'à son arrivée sur l'île. Une fois les deux pieds sur la terre ferme, une odeur de magie, poussée par un léger brouillard, glissa sous ses narines. Ses poumons humèrent un bouquet d'air pur. Éberlué par la beauté de l'île, Monsieur Jacquot en oublia de remercier le passeur, qui repartit en douceur. Ce dernier ne s'en offusqua point, habitué qu'il était de voir l'étonnement des gens lors de leur arrivée sur l'île. En se dirigeant vers la maisonnette de Rosie, Monsieur Jacquot croisa un fermier et ses moutons qui le regardèrent d'un air amusé. Un âne, en manque d'affection, vint à sa rencontre pour le saluer et lui soutirer une caresse sur le museau.

Un peu distrait au moment d'entrer dans la maisonnette, Monsieur Jacquot se cogna la tête sur le haut du cadre de la porte. Ouille! En quelques secondes, une belle grosse bosse apparut sur son front. Une fois à l'intérieur, il se dirigea vers le salon où se trouvait une magnifique bibliothèque. Le grand livre magique de Mister Charles reposait sur l'une des étagères. Le dos du livre portait son nom. Parmi la grande quantité d'ouvrages, il reconnut ceux d'auteurs célèbres tels Anderson, Hoffman, Joyce, Proust et Saint-Exupéry. Il vit même un livre aux allures bizarres portant le nom de William Blake, l'un des plus grands poètes de l'histoire de l'Angleterre. Le bouquin de ce dernier se démarquait des autres en raison de l'amoncellement de pages retenues dans sa couverture par une lanière de cuir. Tous ces livres témoignaient du passage de ces grands auteurs et poètes dans ce lieu féerique. Quoique très curieux de nature, Monsieur

Jacquot se contenta de les effleurer d'un regard admiratif, respectant ainsi la consigne de Mister Charles. L'espace d'un instant, il imagina une scène avec tous ces grands noms discutant autour d'un bon repas. De quoi faire rêver...

୧୨୧

La première nuit de Monsieur Jacquot chez Rosie fut particulièrement agitée. En rêve, il se retrouva au centre d'un carrefour comportant des centaines de portes derrière lesquelles se trouvaient tout autant d'histoires à raconter. En ouvrant les yeux au matin, il vit un filet de lumière pénétrer à l'intérieur de la maisonnette. Dehors, une bruine légère tombait du ciel et caressait timidement la végétation. Enfilant son gros gilet de laine et son habit de pluie, Monsieur Jacquot partit à la découverte de l'île.

Un sentier le conduisit au haut d'une colline, face à l'océan. À peine venait-il de s'asseoir sur l'herbe, le dos appuyé contre un grand chêne blanc, qu'une baleine souffla l'air humide hors de ses poumons pour former un puissant jet d'eau dans les airs. Émerveillé, Monsieur Jacquot observa plus attentivement le rorqual. Pendant quelques secondes, son regard croisa celui de madame la baleine. Il eut l'impression qu'elle tenait à lui souhaiter la bienvenue sur l'île. Ce fut ensuite au tour d'un couple de dauphins de virevolter dans les airs tout en lui lançant des sourires taquins. Le cœur joyeux, mais le dos courbaturé en raison d'une nuit passée dans un lit bien trop petit pour lui, Monsieur Jacquot ferma les yeux à demi et se laissa bercer par le bruit des vagues. Une fois assoupi, il entra tout doucement dans le merveilleux monde de l'imaginaire…

Réveillé subitement par un ronflement retentissant, il eut la surprise de sa vie en ouvrant les yeux. Un lutin aux allures de marin était planté devant lui, les mains sur les hanches et le dos bien droit. Son visage était tellement grave que Monsieur Jacquot ne put s'empêcher de lui demander : « Avez-vous toujours l'air aussi sérieux? »

Le visage de son nouvel ami s'illumina d'un grand sourire irlandais. Le lutin lui répondit :

— Vous êtes bien Monsieur Jacquot, n'est-ce pas?

— Oui, mais comment savez-vous mon nom?

— Il est écrit sur votre front!

— Très drôle! À qui ai-je l'honneur?

— Je m'appelle Larin.

— Vous me voyez enchanté de faire votre connaissance, Larin.

— Moi de même, Monsieur Jacquot. Saviez-vous que vous êtes très connu au sein du royaume de l'imaginaire?

— Très connu, moi? Non! Comment est-ce possible?

— Tous les humains qui gardent ouverte la porte du royaume de l'imaginaire occupent une place privilégiée dans le cœur de ses habitants, tels les lutins, les fées et les dragons, pour n'en nommer que quelques-uns. Ceux qui, de plus, sont comme vous des semeurs d'imaginaire font partie de nos vedettes. Sans que vous en soyez conscient, nous sommes toujours à vos côtés. Nous suivons vos prouesses un peu comme vous le faites avec vos célébrités de ce truc que vous appelez la télévision.

— Je ne savais pas que je faisais des prouesses!

— Vous en faites chaque fois qu'une de vos histoires touche les gens ou qu'elle les reconnecte à leur cœur d'enfant.

— Vous me semblez bien grand pour un lutin. Plus je vous regarde, plus j'ai l'impression d'avoir devant moi un bambin dans le corps d'un vieux marin.

— Ça y est, mon secret est dévoilé!

— Quel est votre âge?

— Je ne vous le dis pas!

— Pourquoi donc?

— Un lutin ne dévoile jamais son âge. Ce qui compte, c'est l'âge du cœur. Tout ce que je peux vous dire, c'est que certains lutins ont plus de 500 ans. Pour ce qui est de ma taille, j'aurais aimé me faire plus grand encore, mais j'ai de la difficulté avec les transformations.

— Avec les transformations, dites-vous!

— Oui, comme toutes les créatures de l'imaginaire, j'ai la possibilité de me transformer. Parfois, je prends la forme d'un humain, parfois celle d'un animal, d'un ami végétal et même d'une pierre ou d'un rocher. À l'école, je me suis déjà retrouvé avec une tête d'humain sur un corps de lion. Mon professeur n'avait pas tellement apprécié.

— Vous suivez des cours de transformation!

— Oui. C'est ce qui nous permet, entre autres, de mieux comprendre ce qui se passe dans vos souliers!

— Pourquoi voulez-vous savoir ce qui se passe dans nos souliers?

— Cela fait partie de notre travail.

— Depuis quand les créatures de l'imaginaire ont-elles un travail?

— Depuis toujours.

— Quel est votre travail alors?

— Connaissez-vous la légende du Semeur d'étoiles?

— Non!

— Saviez-vous, Monsieur Jacquot, que la semaine telle que vous la connaissez aujourd'hui avec sept jours avait déjà comporté neuf jours?

— Non. Quand cela?

— Il y a quelques millions d'années.

— Ça fait beaucoup d'années!

— Pour nous, c'est comme si c'était hier. Connaissez-vous la légende du roi Aramos?

— Pas du tout.

— Est-ce que le prénom de Kaya vous dit quelque chose?

— Euh… je me souviens de m'être couché un soir avec ce prénom en tête. Si je me rappelle bien, j'ai même écrit son histoire.

— Vous voulez dire que vous avez « commencé » à écrire son histoire, mais vous ne l'avez jamais terminée.

— Peut-être, mais pourquoi toutes ces questions, Larin?

— Je vous prie d'excuser mon impatience, Monsieur Jacquot, mais c'est qu'il y a très longtemps que mes amis et moi souhaitons que vous terminiez l'histoire de Kaya.

— Pourquoi?

— Parce que son histoire est celle de beaucoup d'enfants présentement sur terre.

— Ah bon?

— Aimeriez-vous que je vous raconte la légende du Semeur d'étoiles?

— Bien sûr! J'adore qu'on me raconte des histoires!

— J'allais oublier de vous dire, Monsieur Jacquot…

— Quoi donc?
— Bienvenue sur l'île de Coll!

Le Semeur d'étoiles

Au début des temps, un Semeur d'étoiles créa la Terre. D'un simple coup de pinceau, il donna naissance au monde minéral. Quelques millions d'années plus tard, un peu à la manière d'un artiste peintre, il scruta d'un œil critique son œuvre en devenir. Quelque chose ne se passait pas comme prévu. Tous les volcans de la Terre crachaient du feu. De grise qu'elle était à ses débuts, la planète était passée au rouge. « Peut-être ai-je donné un coup de rouge sans m'en rendre compte », pensa-t-il. Comme le monde minéral bouillonnait un peu trop à son goût, il ajouta une touche de bleu; ce qui explique la création des mers et des océans. Ce faisant, de nombreux volcans furent ensevelis sous l'eau et les minéraux se calmèrent un peu.

Toujours aussi critique quant à son œuvre, le Semeur d'étoiles donna un autre coup de pinceau, mais en ajoutant cette fois une touche de vert, afin de créer le monde végétal. Là, il était vraiment fier de son coup. On pouvait lire la satisfaction sur son visage. La Terre était vraiment jolie, vue d'en haut. Sa beauté rayonnait partout dans l'univers. Certains la surnommèrent « la Belle Verte ».

Après un certain temps, le Semeur d'étoiles conclut toutefois que le vert se faisait un peu trop dominant et qu'il n'y avait pas assez de mouvement dans sa toile, les minéraux et les végétaux étant pour la plupart immobiles. En se creusant la tête, l'idée lui vint de donner quelques coups de pinceau de plus. Laissant libre cours à son inspiration, il ajouta le monde animal, puis celui des humains.

Dans le cas de certains animaux, il eut le malheur de choisir un pinceau beaucoup trop gros. De tailles gigantesques, certaines espèces, dont les dinosaures, semèrent la pagaille un peu partout sur la planète. Les gros animaux n'étaient pas tous méchants, mais soit ils dévastaient les forêts pour combler leur appétit vorace, soit ils se régalaient de tout ce qui bougeait. Pour les humains, échapper à leurs attaques n'était vraiment pas de la tarte. Le monde végétal avait même porté plainte auprès du Semeur d'étoiles. Très patient, celui-ci attendit quelques millions d'années en se disant que tout allait se replacer et que les mastodontes finiraient par comprendre le bon sens. Mais… il n'en fut rien.

Le Semeur d'étoiles, qui cherchait à créer non seulement du mouvement dans sa toile, mais aussi de l'équilibre et de l'harmonie entre toutes les créatures, n'eut d'autre choix que de se remettre à la tâche. C'est ainsi qu'après avoir perdu patience, il prit son plus gros pinceau et, d'un grand trait de blanc, provoqua la période glaciaire. « Tiens, se dit-il, je recommence à zéro. » Dans les faits, seul le monde minéral fut épargné, quoiqu'il s'en trouvât frigorifié comme on n'a pas idée!

Reprenant ses pinceaux, et ce, au grand plaisir du monde minéral, le Semeur d'étoiles redonna à la Terre toutes ses couleurs. Dans le cas des animaux, il prit soin d'utiliser des pinceaux sensiblement plus fins que la première fois. Pour les humains, il s'appliqua à les créer plus intelligents que leurs prédécesseurs et employa quatre couleurs distinctes : le blanc, le jaune, le noir et le rouge; d'où la création des quatre grandes nations d'origine que l'on appelle aussi les quatre nations premières. Satisfait du résultat, le Semeur d'étoiles délaissa son œuvre d'art pendant un certain temps dans l'espoir que chacun des mondes réussisse enfin à trouver le chemin de l'équilibre et de l'harmonie. Mais… ce ne fut pas le cas, encore une fois. Certaines créatures avaient vraiment la tête dure et, contrairement à la croyance populaire, les plus têtues ne faisaient pas partie du monde des minéraux, mais plutôt de celui des végétaux, des animaux et des humains. Comble de malheur, plusieurs espèces prenaient un malin plaisir à en dominer d'autres. À l'évidence, personne n'avait tiré de leçons de l'ère glaciaire!

— Que s'est-il passé ensuite? demanda Monsieur Jacquot, vivement intrigué.

— Le Semeur d'étoiles n'avait pas tellement envie de recommencer à zéro une seconde fois. Embêté, il fit donc appel aux Torémores.

— Aux Torémores?

— Oui. Les Torémores sont des semeurs d'imaginaire. Ils ont même la réputation d'être les meilleurs de tout l'univers.

— Pourquoi faire appel à eux?

— Pour créer le monde de l'imaginaire sur terre.

— Je veux bien, Larin, mais pourquoi introduire ce monde sur terre?

— Pour y apporter de la gaieté, de la joie, de l'amour et des fous rires!

— Larin…

— Je plaisantais. C'est pour que nous guidions tous les habitants de la Terre sur la route de l'équilibre et de l'harmonie. Pour y arriver, nous les aidons à conserver ou à retrouver leur pureté de cœur. Les Torémores eurent la brillante idée de former quatre escouades spécialisées, une pour chacun des règnes de la nature déjà en place : animal, minéral, humain et végétal.

— Normalement, Larin, lorsqu'il est question des règnes de la nature[4], les humains en sont exclus!

— Je sais bien, mais il s'agit d'une erreur de l'histoire. Vous allez comprendre pourquoi plus tard. D'ailleurs, le monde de l'imaginaire fait aussi partie des règnes de la nature.

Pour ce qui est des escouades spécialisées, je fais

4. Les règnes animal, végétal et minéral forment les trois grandes divisions de la nature selon l'ancienne classification de Linné (XVIIᵉ siècle).

partie de celle dédiée aux humains.

— C'est gentil de prendre soin de nous. Si je comprends bien, vous êtes en quelque sorte des spécialistes de l'équilibre et de l'harmonie.

— Vous avez tout compris.

— Dites-moi, cher Larin, quelle est votre définition de la pureté de cœur?

— Chacun possède en son cœur un cristal, lequel contient un petit soleil que vous les humains avez appelé une « âme ». La pureté de cœur correspond à l'état de ce petit soleil. Plus il brille, plus le cristal rayonne. On dit d'une personne qu'elle a un cœur pur comme le cristal lorsque son soleil intérieur brille de tous ses feux. Et vous, Monsieur Jacquot, quelle est votre définition de la pureté de cœur?

— De mon côté, j'aime bien comparer le cœur à une île qui nous sert de jardin intérieur. La pureté de cœur correspond à l'état de ce jardin. Plus on en prend soin, plus grande est notre pureté de cœur.

— Lorsque les gens gardent ouverte la porte de l'imaginaire, mes amis et moi pouvons les aider à faire briller leur petit soleil et à cultiver leur jardin intérieur.

— Comment s'est passée l'arrivée sur terre du monde de l'imaginaire?

— Pour que les Torémores réussissent à introduire notre monde ici, le Semeur d'étoiles dut apporter quelques modifications à sa toile.

— Quel genre de modifications? s'empressa de demander Monsieur Jacquot.

— Connaissez-vous l'histoire de la « Terre du milieu »?

— Vous savez bien que je ne connais pas vos histoires.

— Je peux vous la raconter si vous le désirez.

— Je vous écoute.

— Voici…

La Terre du milieu

L'idée d'introduire le monde de l'imaginaire sur la Belle Verte était bien sûr merveilleuse. Après de longues heures de discussion avec les Torémores afin d'élaborer une stratégie, le Semeur d'étoiles passa à l'action. En appliquant quelques coups de pinceau, il nous créa au centre de la Terre un environnement de rêve composé de rivières, de lacs, de mers, d'océans, de montagnes et de vallées à perte de vue. La création de la Terre du milieu avait pour but de nous offrir un endroit à l'abri de toutes formes d'impuretés afin que nous puissions nous reposer.

À cette époque, toutes les créatures de la Terre possédaient un cristal en leur cœur, mais aucune n'avait reçu un petit soleil pour le faire briller. On aurait dit des lanternes sans bougie.

— Gros problème!

— À qui le dites-vous, Monsieur Jacquot! Un cœur ne peut aimer sans un petit soleil pour le faire briller.

— Autrement dit, il manquait d'amour sur terre.

— Tout à fait. Puisque le Semeur d'étoiles devait créer un soleil au centre pour nous y tenir au chaud, il en profita pour faire d'une pierre deux coups et même trois!

— Que voulez-vous dire?

— Il utilisa les mêmes couleurs que celles du soleil de son cœur, soit de l'orangé, du jaune et du violet, pour introduire un grand soleil au centre de la Terre, un second dans le ciel de la surface et un petit soleil dans le cœur de toutes les créatures.

— Vous voulez dire un deuxième soleil dans le ciel en plus de celui qu'on avait déjà?

— Oui.

— Je veux bien vous croire, Larin, mais je n'en vois pourtant qu'un dans le ciel!

— Le second est invisible à l'œil nu, Monsieur Jacquot.

— À quoi sert-il?

— Celui que vous pouvez voir vous réchauffe le corps, tandis que le deuxième vous réchauffe le cœur. C'est un générateur d'amour. C'est d'ailleurs ce second soleil dans le ciel qui nous permet de survivre et de travailler à la surface.

— Pourquoi ne pourriez-vous pas y survivre sans lui?

— Parce que sans ce deuxième soleil pour faire vibrer notre cœur, celui-ci cesserait de battre dès qu'on mettrait les pieds à la surface. C'est aussi ce second soleil qui maintient en vie votre propre petit soleil. Sans lui, vous perdriez toute lueur dans les yeux. Le plus merveilleux est que, grâce à tous ces soleils, le Semeur d'étoiles a créé un lien entre lui, la Terre et tous ses habitants. Ce n'est pas pour rien que plus il y a de soleils qui brillent au creux des cœurs, plus notre planète se porte bien.

— Une fois que le Semeur d'étoiles a créé le deuxième soleil dans le ciel, puis introduit un petit soleil au cœur de chacun, n'auriez-vous pas pu vivre uniquement à la surface? Ces petits soleils devaient bien être purs, non?

— Encore fallait-il que les minéraux, les végétaux, les animaux et les humains prennent conscience de l'existence de leur soleil intérieur et de l'importance d'aimer. Je vous rappelle que les nombreux conflits entre eux polluaient la surface. Pour les aider, nos ancêtres ont travaillé d'arrache-pied afin d'activer le petit soleil de chacun, comme des bougies qu'on allume. Ça leur en a pris du temps, je vous prie de me croire. Sans la Terre du milieu pour se reposer, ils seraient tous morts d'épuisement.

— Vous devriez refaire la tournée des bougies avec vos allumettes magiques!

— On ne fait que ça. Au fait, Monsieur Jacquot, connaissez-vous l'origine de la Lune?

— Dois-je me risquer à répondre?

— Non… répondit Larin en dissimulant un sourire derrière sa barbe.

— Quelle est son origine alors?

— C'est le Semeur d'étoiles qui l'a créée pour éclairer les habitants de la Terre sur la route des cœurs la nuit.

— Depuis tantôt vous me parlez de la route de l'équilibre et de l'harmonie, et voilà que vous me parlez de la « route des cœurs », une expression qui m'est très chère! Est-ce que vous faites référence à cette route que l'on emprunte lorsqu'on voyage en son cœur?

— Oui, Monsieur Jacquot. D'ailleurs, la seule et unique route conduisant vers l'équilibre et l'harmonie a toujours été et sera toujours celle du cœur!

— Je voulais simplement m'assurer que nous parlions de la même chose. Pour ce qui est de la Lune, je croyais qu'elle avait toujours été là.

— Non, elle est apparue dans le ciel après notre arrivée sur la terre. La Lune est très efficace pour éclairer les cœurs la nuit. Combien de fois a-t-on vu des couples s'embrasser sur un pont les soirs de pleine lune!

— Vous voilà romantique.

— Les lutins sont tous romantiques!

— J'imagine que le travail de vos ancêtres a été plus facile après que chaque habitant des autres royaumes eut pris conscience de l'existence de son soleil au cœur.

— Plus facile oui, mais facile, non!

— Larin!

— Plus facile ne veut pas dire que c'était facile pour autant! C'est une chose que de prendre conscience de l'existence de son petit soleil, mais ça en est une autre que d'en prendre soin.

— Vous avez bien raison.

— Nous sommes toujours présents à la naissance des enfants. Nous les guidons sur la route des cœurs et nous nous assurons, dans la mesure du possible, qu'ils gardent bien ouverte la porte de l'imaginaire. Ce n'est pas toujours facile, vous savez.

— Je n'en doute pas un instant, dit Monsieur Jacquot en poussant un grand soupir.

— Les gens qui cachent leur cœur derrière une armure oublient parfois d'entretenir leur petit soleil intérieur. Le plus terrible, c'est que lorsqu'une personne enferme son cœur à double tour, elle a bien souvent tendance à inciter les autres autour d'elle à faire de même. Vous êtes-vous déjà retrouvé dans une maison au soleil éteint, malgré la présence d'enfants?

— Oui, et j'avoue que c'était triste à voir. Mais peut-on vraiment y changer quelque chose? Tout nous éloigne de votre monde, Larin. Pour plusieurs, c'est une question de survie que d'en fermer la porte.

— Il ne s'agit pas de survivre, Monsieur Jacquot, mais de vivre! Si le cœur est une île, fermer la porte de l'imaginaire équivaut à en fermer l'accès. Tous ne font qu'un aux yeux du Semeur d'étoiles. Plus votre soleil intérieur rayonne, plus vous avez la possibilité de sentir ce lien qui vous unit aux autres créatures. Vous arrive-t-il de parler à vos plantes à la maison?

— Dois-je vraiment répondre à cette question?

— Oui! Parole de lutin, tout ce qui se dit ici restera entre nous.

— Eh bien, il m'arrive de le sentir lorsqu'elles ont soif.

— Entendez-vous leur voix?

— Non!

— Lorsque les gens sont durs d'oreille, ce qui n'est pas votre cas, ÉVIDEMMENT, il arrive que les plantes s'adressent à nous pour transmettre leur message. Discrètement, une fée ou un lutin vous criera à oreille : « Eh! j'ai soif, moi! »

— Je ne crois pas être dur d'oreille!

— Combien de fois avez-vous nié l'existence de l'île de Coll lorsque Mister Charles vous en parlait?

— Je l'écoutais, mais je ne le croyais pas. Ce n'est pas la même chose. Pour ce qui est des plantes, j'ai une amie qui se dit convaincue que les siennes à la maison parlent entre elles. Elle leur a même donné des noms.

— Elle a parfaitement raison, Monsieur Jacquot. Je peux même vous conduire à un endroit où toutes les créatures communiquent entre elles par la pensée ou par ce que vous appelez la télépathie.

— Où ça?

— Au centre de la Terre.

— Ai-je bien entendu?

— À moins que vous ne soyez vraiment dur d'oreille, j'ai bien dit : « Au centre de la Terre. » Nous pouvons y aller si vous le désirez. Notre planète a un cœur pur comme le cristal. De plus, son centre est tellement grand qu'il pourrait accueillir tous les habitants de la surface sans que ceux-ci y soient à l'étroit.

— Ce serait une bonne idée d'inviter tout le monde.

— Non, Monsieur Jacquot. Le centre de la Terre doit être protégé de toutes formes d'impuretés. Si nous laissions entrer tout le monde, nous risquerions de détruire notre belle planète de l'intérieur. Seuls les êtres au cœur cristallin peuvent y circuler librement.

— Sauf erreur, je suis loin d'avoir un cœur pur comme le cristal.

— Je le sais bien, mais nous avons trouvé une solution pour permettre à des gens comme vous de venir au centre.

— Des gens comme moi?

— Oui, des gens qui ont conservé leur cœur d'enfant, mais qui ont encore du travail à faire pour lui redonner son éclat cristallin.

— Qu'avez-vous trouvé comme solution?

— Une solution brillante.

— Larin!

— Laissez-moi vous expliquer…

Voyage au centre de la Terre

Conscient des efforts considérables qu'exigeait le retour à l'équilibre et à l'harmonie sur terre, le Semeur d'étoiles autorisa la construction d'une cité destinée à accueillir les êtres ayant conservé leur cœur d'enfant et ayant gardé ouverte la porte de l'imaginaire. Il s'agit d'une immense pyramide de cristal que l'on a baptisée la « Cité de la paix ».

— Ai-je bien entendu le mot « retour »?

— Oui, Monsieur Jacquot. Il fut un temps où tous les habitants de la Terre vivaient en équilibre et en harmonie. Je vous expliquerai plus tard.

— D'accord, mais pourquoi avoir créé une telle cité?

— Pour donner un peu d'air frais à nos amis qui, à la surface, nous aident à recréer l'équilibre et l'harmonie. La Cité leur permet de se reposer et de refaire le plein d'énergie. Elle leur donne aussi beaucoup d'espoir. Comme vous le savez, la vie n'est pas toujours facile à la surface.

— Elle est parfois même très difficile. Que se passe-t-il pour ceux et celles qui ont perdu leur cœur d'enfant ou qui l'ont caché?

— Ils ne peuvent pas pénétrer au centre de la Terre. Les portes d'entrée sont précieusement gardées par des dragons.

— Des dragons? répliqua Monsieur Jacquot en fronçant les sourcils.

— Vous avez bien entendu. Ils existent toujours, vous savez.

— Que font-ils de leurs journées?

— Certains sont des gardiens de l'imaginaire, d'autres travaillent à activer le petit soleil intérieur des habitants de la Terre.

— Ils ne doivent pas chômer alors!

— Moi non plus, je ne chôme pas.

— Loin de moi cette pensée, cher Larin.

— Êtes-vous prêt pour le voyage au centre de la Terre?

— Que dois-je faire?

— C'est très simple. Il vous suffit de fermer les yeux au-dessus de votre nez, d'ouvrir ceux du cœur et de vous imaginer à l'intérieur d'une petite pyramide de cristal. Celle-ci vous servira de véhicule.

— Pourquoi dois-je me créer un véhicule?

— Comme je vous l'ai dit plus tôt, Monsieur Jacquot, seuls les êtres au cœur cristallin peuvent circuler librement au centre de la Terre. Votre petite pyramide vous permettra d'y entrer tout en protégeant la Terre du milieu des quelques impuretés que vous avez au cœur.

— Pourquoi une pyramide alors?

— Je vous expliquerai plus tard, Monsieur Jacquot. Préparez-la. Je vais m'en faire une pour vous accompagner.

— Donnez-moi deux secondes… C'est fait.

— Nous allons maintenant nous envoler jusqu'au pôle Nord.

— Il risque de faire froid!

— Votre pyramide de cristal vous gardera bien au chaud.

— Euh!

— N'ayez crainte, Monsieur Jacquot. Tout se passera bien. Ce n'est pas tellement différent du voyage sur la route des cœurs que vous avez fait souvent. Laissez-vous bercer par les images…

— C'est quoi ce brouillard violet que je vois à l'horizon?

— Il s'agit du feu des dragons.

— Vous n'êtes pas très rassurant.

— Cessez donc de vous en faire pour rien. Concentrez-vous sur le petit soleil en votre cœur et tout ira bien. Le feu violet des dragons permet d'éviter que des intrus ou des êtres aux intentions malveillantes entrent au centre de la Terre.

— Qu'est-ce qui leur arrive lorsqu'ils essayent d'entrer?

— Le feu violet des dragons a pour effet de les réveiller.

— Voulez-vous dire qu'en temps normal, on ne fait ce voyage que durant son sommeil?

— Oui et non!

— Auriez-vous la gentillesse de m'expliquer?

— Pour que des gens puissent pénétrer au centre de

la Terre, cela requiert que leur tête soit au repos. Pour la majorité, cela ne se produit que durant leur sommeil. C'est d'ailleurs ce qui explique que certaines personnes se promènent beaucoup la nuit une fois qu'elles sont endormies.

— Est-ce possible que j'y sois déjà allé?

— Sûrement, mais il n'y a que ceux qui font ce voyage à l'état d'éveil qui se souviennent de quelque chose une fois de retour à la surface. Cette visite sera donc comme une première pour vous.

— Je veux bien, mais je connais des gens qui réussissent à reposer leur tête tout en étant éveillés.

— Je sais, et c'est d'ailleurs ce qui permet à ceux qui ont un cœur cristallin ou un cœur d'enfant d'entrer dans la Terre du milieu à leur guise lorsqu'ils réussissent à libérer leur tête. Dans le cas des intrus qui tentent d'y pénétrer tout en étant éveillés, le feu des dragons consume leurs mauvaises intentions. Ils s'en trouvent alors complètement démunis, comme une tortue sans sa carapace. Ceux-ci préfèrent alors s'en retourner plutôt que d'entrer au centre, ainsi dévêtus de leurs mauvaises intentions. Avez-vous d'autres questions?

— Non, je me tais.

— Un Monsieur Jacquot qui se tait, c'est impossible!

— Ça m'arrive, vous savez. Je suis juste un brin curieux de nature.

— Je vous tirais la pipe.

— Quand je voyage dans ma pyramide, je suis sensible!

— Vous avez dit susceptible ou sensible?

— Larin!...

— Je plaisantais. Est-elle confortable, votre pyramide?

— Depuis que j'ai imaginé un coussin de velours sous mon postérieur, ça va beaucoup mieux. Que dois-je faire maintenant? Sommes-nous arrivés au centre?

— Soyez patient. Votre véhicule traîne un peu de la patte.

— Désolé, j'ai oublié de lui installer des vitesses.

— Silence, Monsieur Jacquot. Nous allons bientôt entrer dans la Terre du milieu.

— D'accord.

Un peu inquiet malgré tout, Monsieur Jacquot ferma les yeux plus fort afin de se concentrer sur les images qu'il recevait en son cœur. Quelques instants plus tard...

— Ouvrez les yeux, Monsieur Jacquot, et regardez droit devant vous. Voici la Cité de la paix.

— Oh! cette pyramide de cristal est resplendissante!

— Avez-vous remarqué l'aire d'atterrissage du côté droit?

— Oui.

— C'est là que nous allons nous diriger.

— Larin, les parois de la pyramide sont transparentes! Je vois des gens à l'intérieur, des arbres et des animaux!

Une immense porte s'ouvrit sur l'aire d'atterrissage pour laisser entrer les deux visiteurs et se referma aussitôt derrière eux.

— C'est magnifique ici, Larin. J'ai peine à croire ce que je vois.

— Monsieur Jacquot, vous pouvez sortir de votre petite pyramide maintenant.

— Vais-je pouvoir respirer?

— Évidemment. Vous êtes toujours inquiet, dites donc!

— C'est normal. C'est la première fois que je viens ici en état d'éveil.

— Bienvenue à la Cité de la paix, Monsieur Jacquot!

ᕮᕮᕮ

La Cité de la paix surpasse en beauté tout ce qu'on peut imaginer. Elle est entièrement fabriquée de cristal. Des escaliers mécaniques silencieux permettent aux visiteurs de passer d'un étage à l'autre en quelques secondes. Chaque palier comporte des dizaines de salles, toutes plus belles les unes que les autres. Le spectacle y est prodigieux. Les créatures de chacun des règnes de la nature s'y côtoient dans la paix et l'harmonie. On y sent un profond respect de la vie, sous toutes ses formes.

D'entrée de jeu, une salle attira le regard de Monsieur Jacquot. À l'approche des grandes portes, celles-ci s'ouvrirent tout doucement sur une immense forêt verdoyante. Un orignal accueillit Monsieur Jacquot d'un clin d'œil et lui dit : « Bonjour! » Un grand chêne fit de même, tout en lui tendant une branche pour lui serrer la main.

— Dites-moi, Larin, comment se fait-il que j'entende parler l'orignal et même ce grand chêne? Pourquoi les arbres ici ont-ils tous l'air plus vivants que ceux à la surface?

— Je vous l'avais dit que je vous conduirais dans un endroit où toutes les créatures communiquent par la pensée! Si les arbres vous semblent si radieux, c'est que vous les regardez avec les yeux du cœur et qu'ici ils ont la chance d'afficher leurs vraies couleurs.

— Puis-je m'asseoir quelques minutes?

— Je vous en prie. Je vais en profiter pour aller jouer avec des amis. Nous nous retrouverons plus tard.

൭൭൭

Après s'être assis sur un banc, Monsieur Jacquot observa le spectacle tout autour. Des impressions de déjà-vu se confondaient dans sa tête avec l'émerveillement de nouvelles découvertes. Tout respirait la joie. De nombreux enfants couraient et jouaient, le sourire aux lèvres. Enthousiasmé, Monsieur Jacquot en oublia son ami Larin et poursuivit l'exploration de la Cité.

À l'étage supérieur, une salle avait été aménagée spécialement pour les personnes âgées. On aurait dit une bande de joyeux lurons. Un fou rire n'attendait pas l'autre. En passant devant cette salle, Monsieur Jacquot eut la surprise de croiser un de ses grands amis...

— Mister Charles!

— Bonjour, Monsieur Jacquot. Je crois savoir que vous avez visité l'île de Coll.

— Bien, en principe, j'y suis encore, mais un lutin m'a conduit jusqu'ici.

— Ce doit être mon bon ami Larin.

— Avez-vous beaucoup d'amis comme lui?

— J'en ai plusieurs. Je vous l'avais dit que l'île de Coll réserve bien des surprises à ses visiteurs. Suivez-moi.

— Pour aller où?

— Je vais vous montrer le cœur de la pyramide.

— D'accord.

Monsieur Jacquot et son ami descendirent quelques étages plus bas...

— Dites-moi, Mister Charles, à quoi sert cette immense boule de cristal?

— Il s'agit du cœur de la Cité. Mettez vos mains dessus.

— Pourquoi faire?

— Monsieur Jacquot!

— C'est normal que je sois prudent. Vous adorez jouer des tours!… J'ai l'impression de sentir son pouls!

— Ce n'est pas qu'une impression, cher ami! Si vous gardez vos mains sur la boule de cristal et que vous pensez à un endroit sur terre, vous allez pouvoir observer l'action qui s'y déroule.

— Pas croyable! Je me vois assis près d'un arbre sur l'île de Coll.

— C'est qu'on ne quitte jamais totalement la surface. Suivez-moi. Nous allons maintenant visiter le sous-sol.

— Pourquoi le sous-sol?

— Vous verrez!

Quelques instants plus tard…

— Qu'est-ce que je vois devant, Mister Charles? On dirait un aquarium géant.

— Ce n'est pas un aquarium, cher ami, mais le monde marin à portée de la main. Ici, nul ne vit en captivité. Les créatures marines de la surface ont elles aussi un espace qui leur est réservé dans la Cité.

☉☉☉

Ébahi par la beauté des fonds marins, Monsieur Jacquot eut droit à un petit défilé. Une raie géante passant devant la vitre de cristal le fixa droit dans les yeux. Le regard de cette élégante dame des mers le toucha au plus haut point. Il sentit chez elle une profonde sagesse. Un jeune béluga vint ensuite à sa rencontre et lui dit : « Vous devriez écrire des contes et des légendes basés sur la vie marine, Monsieur Jacquot. De cette façon, vous pourriez initier les enfants de la Terre aux beautés de notre monde et les sensibiliser à l'importance d'en préserver l'équilibre. » Une fois le béluga parti, un homard gigantesque aux allures de grand roi africain s'approcha de Monsieur Jacquot et lui serra la pince en pensée; une maman tortue et sa ribambelle de bébés lui envoyèrent une salve de sourires; un hippocampe lui lança un clin d'œil et enfin, un couple de dauphins l'invita à nager avec eux.

৩৯৬

— Mister Charles, est-ce que je rêve ou quoi? J'ai l'impression d'être plongé dans un conte de fées.

— Non, cher ami. Vous ne rêvez pas.

— Comment se fait-il que nous ignorions à peu près tout des créatures de l'imaginaire rattachées au monde marin?

— D'une part, c'est que nous ne vivons pas sous l'eau. D'autre part, celles-ci n'interagissent que très rarement avec les humains. Cela ne fait pas partie de leur rôle. Par contre, si vous imaginez les créatures marines avec un soleil au cœur, elles vous ouvriront sûrement avec bonheur les portes de leur demeure.

L'équilibre et l'harmonie règnent en maîtres dans bien des endroits toujours inaccessibles aux humains,

Monsieur Jacquot. C'est particulièrement le cas pour les profondeurs des mers et des océans.

— Jamais je n'aurais cru pouvoir communiquer avec un homard, et encore moins recevoir une invitation à nager de la part de dauphins! C'est trop beau pour être vrai.

— Au contraire, c'est trop beau pour ne pas être vrai. Le monde idéal se cache au creux des cœurs. Le paradis sur terre sera possible lorsque chacun aura retrouvé son cœur d'enfant et que l'équilibre sera respecté entre toutes les créatures, comme c'est le cas dans la Cité de la paix.

— Plusieurs visiteurs doivent être tentés de rester ici et de ne plus jamais retourner à la surface.

— Non, Monsieur Jacquot, puisque, comme vous avez pu le constater tantôt, on ne quitte jamais totalement la surface. Il nous est donc impossible de rester ici très longtemps. La Cité de la paix apporte à ses visiteurs la preuve que tout est possible et qu'il n'en tient qu'à eux de recréer à la surface l'harmonie et l'équilibre qu'ils peuvent observer ici. Plus les adultes au cœur d'enfant seront nombreux à se tenir debout, tels de grands chênes, plus nombreux seront les enfants à les imiter. Trop d'enfants, de femmes et d'hommes au cœur d'or se croient seuls au monde et se cachent, telle une perle dans une huître. Or, beaucoup de gens rêvent du jour où ils pourront laisser leur cœur respirer à ciel ouvert. Vous le savez comme moi, il suffit pour eux de risquer une balade sur la route des cœurs pour retrouver ceux et celles qui partagent ce rêve.

— Encore faut-il, Mister Charles, qu'ils laissent tomber leur armure pour reconnaître les gens qui sont comme eux.

— Effectivement. L'armure est pour le cœur ce que l'huître est pour la perle. On n'a jamais vu une perle reconnaître ses semblables en restant enfermée dans son huître! L'humanité, la vraie, est à l'image d'un immense collier de perles, ou mieux, d'un magnifique collier formé de petits soleils.

— Eh! voilà Larin qui accourt!

— Rebonjour, Monsieur Jacquot. Oh! bonjour, Mister Charles! Je rêve! Me voilà, moi, petit lutin, en présence de deux vedettes!

— Qu'est-ce que vous racontez? répliqua le célèbre conteur irlandais.

— Je plaisantais encore. À ce que je vois, Mister Charles, vous vous êtes bien occupé de votre ami.

— Il pose toujours autant de questions. Je crois qu'il a appris à demander « pourquoi » avant de prononcer les mots « maman » et « papa »! ajouta Mister Charles sous le regard amusé de Larin, en proie à un fou rire.

— Larin, je viens de constater que je connais très peu de choses du monde marin et des créatures de l'imaginaire qui y vivent!

— Vous n'avez qu'à demander aux poissons, Monsieur Jacquot. Je suis certain qu'ils pourront vous renseigner.

— Je n'ai jamais vraiment eu de grandes conversations avec des poissons.

— Ne me dites pas que vous n'avez jamais conversé avec un poisson rouge dans un bocal!

— Non!

— Il n'est jamais trop tard pour bien faire. Vous pouvez également demander à vos amis hommes-grenouilles. Ils auraient sûrement beaucoup d'histoires à vous raconter.

— Peut-être que je pourrais revenir ici et discuter avec les créatures marines à travers la vitre de cristal.

— Vous pourriez même vous baigner avec elles, si vous le désirez. Il y a une salle spécialement aménagée à cet effet dans la pyramide. Malheureusement, vous devrez attendre à une prochaine fois pour la visiter. Nous devons retourner sur l'île. Je vous prie de me suivre.

— Pourquoi partir maintenant?

— C'est qu'il y a sur l'île de Coll le corps d'un certain Monsieur Jacquot, assis près d'un arbre, qui risque de s'ankyloser.

— C'est gentil de penser à moi.

— Monsieur Jacquot!

— D'accord, je vous suis, cher Larin. Au revoir, Mister Charles et merci pour la visite guidée.

— De rien, Monsieur Jacquot. À bientôt, et n'oubliez pas de transmettre mes salutations à Naémie, dit le conteur irlandais d'un ton taquin.

— Naémie! Qui est Naémie?

— L'île de Coll, la vraie, n'en est pas à une surprise près, mon ami! Allez, je vous laisse. Bon retour sur l'île.

— Larin, de qui parle-t-il?

— Je n'en ai aucune idée, Monsieur Jacquot.

— J'ai l'impression que vous me cachez quelque chose.

— Nous, les lutins, ne cachons jamais rien.

— Si vous vous transformez, c'est que vous avez des choses à cacher.

— Oui, mais c'est pour notre travail. Assez discuté, maintenant. Nous devons partir.

— Je vous suis.

Quelques minutes plus tard, Larin et Monsieur Jacquot mirent les pieds sur l'aire d'atterrissage…

— Que dois-je faire maintenant, Larin?

— Vous n'avez qu'à recréer votre petite pyramide, et en moins de deux, nous serons de retour sur l'île de Coll.

— Quel est donc ce véhicule qui arrive? On dirait un bolide de course en cristal.

— Ce doit être un enfant qui vient se reposer dans la Cité. Comme vous le savez, Monsieur Jacquot, certains ont beaucoup d'imagination.

— Vous auriez dû me dire que je pouvais m'imaginer un autre type de véhicule qu'une pyramide pas très rapide. J'aurais pu laisser libre cours à mon esprit créateur!

— Si je vous ai dit d'imaginer une pyramide, c'était justement pour éviter les excès de créativité! Vous vous reprendrez une prochaine fois. Êtes-vous prêt?

— Oui.

— Je vais demander qu'on ouvre la porte…

ⓛⓞⓛ

Lorsque Monsieur Jacquot reprit ses sens sur l'île de Coll, il dit à Larin :

— Merci pour ce beau voyage.

— De rien, Monsieur Jacquot. Cela me fait toujours plaisir de conduire de nouveaux amis à la Cité de la paix.

— Dites-moi, y a-t-il d'autres cités à l'intérieur de la Terre?

— Je suis surpris que vous ne m'ayez pas posé cette question avant. Il y a effectivement plusieurs cités. Comme vous ne faites pas encore partie de ceux qui ont un cœur cristallin, je n'avais pas le droit de vous les montrer. De toute façon, vous ne l'auriez pas cru.

— J'ai déjà de la difficulté à croire que je viens de visiter la Cité de la paix!

— Imaginez si vous aviez vu le reste!

— Que disions-nous ce matin, avant de partir en voyage?

— J'étais en train de vous expliquer que mes ancêtres avaient travaillé sans relâche pour conduire les minéraux, les végétaux, les animaux et les humains sur le chemin de l'équilibre et de l'harmonie.

— Selon ce que vous m'avez dit plus tôt, ils auraient réussi leur mission.

— Avec de l'aide, oui.

— De la part du Semeur d'étoiles?

— Oui et non.

— Larin…

— Quoi?

— Aurait-il donné d'autres coups de pinceau?

— Non, il en avait assez des coups de pinceau.

— Qu'a-t-il fait, alors?

— Un tour de magie involontaire.

— Involontaire?

— Il a fait deux tours de magie en un et le deuxième n'était pas prévu. Connaissez-vous la légende du roi Aramos?

— Vous savez bien que non.

— Puis-je vous raconter son histoire?

— J'ai tout mon temps, cher Larin.

— C'est fou comme j'aime raconter des histoires!

— Est-ce que je vais finalement savoir pourquoi nous sommes passés d'une semaine de neuf jours à une semaine de sept jours?

— Il vous faudra attendre la fin de mon histoire.

— Laquelle de vos histoires, Larin?

— Vous verrez. Soyez patient.

— Je n'ai pas la patience du Semeur d'étoiles, moi!

— La patience est une vertu perdue dans la nuit des temps, dit Larin avec un air de grand dramaturge, les yeux tournés vers le ciel.

Aramos

Il était une fois un grand roi. Aramos vint au monde par une nuit de pleine lune au cours de laquelle le Semeur d'étoiles réussit l'un de ses plus beaux tours de magie. Afin de souligner les progrès des minéraux, des végétaux, des animaux et des humains sur la route de l'équilibre et de l'harmonie, l'idée lui vint de leur offrir un merveilleux cadeau. « Que puis-je faire pour les féliciter? » se demanda-t-il. En entendant cette réflexion, un sac se mit à danser sur l'étagère de son atelier en scandant : « Prends-moi! Prends-moi! Prends-moi! » Ce sac contenait des semences d'étoiles. « Quelle bonne idée! » se dit le Semeur d'étoiles. Après en avoir saisi une grande quantité de la main droite, il en saupoudra délicatement le ciel de notre belle planète qui s'en trouva éclairé de milliards d'étoiles.

Selon la légende, deux de ces semences, en quête d'aventures et un peu rebelles, descendirent sur la terre au lieu de s'accrocher au ciel comme les autres. Toutes deux filèrent autour du globe à une vitesse vertigineuse à la recherche d'un cœur naissant pour s'y loger. Or, dans une grande forêt revêtue du plus beau des manteaux de neige, vivait un jeune couple dont la femme s'apprêtait à enfanter à l'intérieur d'une caverne. Au passage des semences d'étoiles, l'enfant poussa ses premiers cris et, comme par magie, les deux aventurières se glissèrent au creux de son cœur pour accompagner son petit soleil naissant et le faire briller de tous ses feux. Du coup, les yeux d'Aramos se mirent à scintiller comme des étoiles. Les minéraux poussèrent des cris de joie qui secouèrent gentiment tous les grands sapins des alentours. Tirés de leur sommeil hivernal, les arbres feuillus précipitèrent la sortie puis l'éclosion de leurs bourgeons. Rapidement, la nouvelle de la naissance d'Aramos fit le tour de la terre. Jamais un enfant n'était venu au monde avec des yeux aussi brillants et une si belle pureté de cœur.

Les rois de chacune des quatre nations premières vinrent le rencontrer. Le Roi de l'Est représentait la nation jaune, le Roi du Sud, la nation rouge, le Roi de l'Ouest, la nation noire et le Roi du Nord, la nation blanche. Chacun d'eux s'inclina devant Aramos et déposa à ses pieds sa couronne en guise d'offrande. Dépassés par les événements, les parents de l'enfant demandèrent conseil auprès de Grand Prêtre Dragon. C'est d'ailleurs lui qui leur suggéra d'appeler leur fils Aramos, ce qui signifie : « le Roi des rois » dans la langue des Torémores. Fait rarissime, Grand Prêtre Dragon s'accorda le mandat de guider l'enfant sur la route des cœurs. Normalement, il aurait confié ce travail à une fée ou à un lutin.

— Je vous prie de m'excuser, cher Larin, mais qui était Grand Prêtre Dragon?

— C'était le roi du monde de l'imaginaire.

— Je ne savais pas que le monde de l'imaginaire

avait un roi, et encore moins des prêtres!

— Tous les royaumes ont un roi, Monsieur Jacquot. Ce n'est pas sans raison que l'on parle parfois de « royaume » lorsqu'il est question des règnes de la nature. Certains d'entre eux ont parfois même plusieurs rois. Pour ce qui est de nos prêtres, ils sont de grands sages. À l'époque, Grand Prêtre Dragon était même considéré comme le plus sage des êtres vivant sur la terre. Plus gros et plus fort qu'un éléphant et aussi agile qu'un aigle en plein vol, il était celui vers lequel tous se tournaient lorsqu'ils avaient un problème difficile à résoudre. Cela explique pourquoi les parents d'Aramos, ne sachant où donner de la tête, lui demandèrent conseil quant à la bonne façon d'agir avec leur enfant.

ⓖⓖⓖ

Aramos fut le premier humain à recevoir les enseignements des grands maîtres de chacun des règnes de la nature. Jamais un humain n'avait été aussi sensible à la réalité des autres royaumes. Ceux-ci le considéraient comme un des leurs. Aramos avait un cœur si pur et il était si intelligent qu'il put rapidement enseigner à ses maîtres de classe. Grand Prêtre Dragon avait parfois l'impression d'enseigner à son miroir tellement il était brillant! D'ailleurs, il l'aimait comme son propre fils. Lorsque Aramos marchait en forêt, tous les animaux venaient à sa rencontre pour le saluer. C'est à l'âge de dix ans qu'il devint le premier Roi des rois des humains.

— N'était-ce pas un peu jeune?

— Pas pour Aramos, Monsieur Jacquot.

— Les rois des quatre grandes nations ne devaient pas être contents de voir apparaître un nouveau roi à leur place!

— Aramos n'est pas venu sur terre pour prendre leur place, mais pour guider les humains sur le chemin de l'équilibre et de l'harmonie. Pour éviter toute confusion, les rois des quatre nations premières reçurent le titre de « cardinal ».

— Depuis, nous avons les quatre points cardinaux!

— Exactement!

— Je blaguais, Larin.

— Pas moi!

— D'accord, mais le passage de roi d'une nation au rang de cardinal devait tout de même représenter une rétrogradation pour eux.

— Non, Monsieur Jacquot. Pour les quatre rois, l'arrivée d'Aramos fut perçue comme une bénédiction du Semeur d'étoiles. Dans un monde où les rôles sont définis en fonction d'une hiérarchie basée sur la pureté de cœur et les habiletés de chacun, nul ne cherche à se mettre au-dessus ou au-dessous des autres et tous s'entraident pour devenir meilleurs. Si vous savez que quelqu'un peut vous aider à devenir une meilleure personne, vous allez l'accueillir avec joie dans votre demeure, n'est-ce pas?

— Bien sûr.

— Eh bien, c'est exactement ce qu'ont fait les quatre rois avec Aramos le jour où ils ont déposé leur couronne à ses pieds. Ils ont démontré beaucoup de courage et d'humilité pour le bien de leur nation respective.

෧ඉ෧

Une des premières décisions d'Aramos en tant que Roi des rois fut de créer le Conseil des sages, lequel était composé des quatre cardinaux et de huit sages, qui l'aidèrent à gouverner. Ensemble, ils décidèrent de former le royaume des cœurs, soit un lieu où tous les humains seraient encouragés à écouter leur cœur et à emprunter la route de l'équilibre et de l'harmonie. Autrefois inexistants, les échanges se multiplièrent entre les gens du Nord, du Sud, de l'Est et de l'Ouest. Avec le temps, les quatre nations premières ainsi réunies formèrent la plus grande nation de l'histoire humaine. On ne lui donna aucun nom, quoique certains se plaisaient à parler de la nation « aramossienne ». Aramos n'avait que faire des étiquettes. Pour lui, tous les humains faisaient partie d'une seule et même grande famille.

— Est-ce que le royaume des cœurs couvrait toute la terre?

— Pas tout à fait. Plusieurs humains vivaient dans des endroits très reculés. D'autres n'aimaient pas les mélanges des couleurs et des cultures. Aramos respectait leur choix, conscient qu'il était que la route des cœurs, si merveilleuse soit-elle, soulève parfois certaines craintes. C'était vraiment un grand roi. Encore aujourd'hui, on le considère comme le plus grand roi qu'ait connu l'humanité. Jamais Aramos ne s'éleva plus haut que le plus petit des petits. Les enfants représentaient pour lui une source de joie inépuisable. Sous sa gouverne, les humains atteignirent un niveau de respect, d'amour et d'harmonie que plusieurs aujourd'hui qualifieraient de paradisiaque. De plus, toutes les règles de la société favorisaient le développement des qualités de cœur, des talents et des habiletés des enfants, toute leur vie durant.

ᘙᘙᘙ

C'est en s'inspirant du bon fonctionnement du Conseil des sages que, d'un commun accord, tous les royaumes décidèrent de former le « Grand Conseil », afin de guider les destinées de la Terre. Chaque royaume y avait un porte-parole, souvent accompagné de plusieurs conseillers. C'était vraiment la belle époque.

— Comment faisaient-ils pour communiquer entre eux? Était-ce par la pensée, comme dans la Cité?

— Oui et non.

— Ce n'est jamais « oui » ou « non » avec vous, Larin!

— Du temps d'Aramos, toutes les créatures à l'écoute de leur cœur avaient la capacité de communiquer entre elles par la pensée. Des cercles de cristaux facilitaient les échanges télépathiques lorsqu'une grande distance séparait les interlocuteurs.

— Vous voulez dire des cercles de pierres?

— Non, Monsieur Jacquot. Les cercles de pierres encore accessibles aujourd'hui, tels que celui de Stonehenge[5] en Angleterre, ne sont que des copies des cercles de cristaux de l'époque d'Aramos. Certains de ces cercles de pierres furent érigés par des sages désireux de renouer les liens avec les autres royaumes, mais plusieurs furent commandés par des seigneurs de guerre convoitant les dons et les pouvoirs des autres mondes, avec pour dessein d'anéantir leurs ennemis. Dans les deux cas, à défaut d'avoir accès à d'énormes cristaux, ils utilisèrent des rochers. Les sages créèrent ainsi de beaux endroits pour méditer, et purent, en voyageant sur la route des cœurs, échanger avec les autres règnes de la nature. Puisqu'ils n'avaient pas accès à cette route, en raison de leurs mauvaises intentions, les seigneurs de guerre durent chaque fois renoncer à leurs plans machiavéliques, ce qui provoqua beaucoup de frustration dans leurs rangs.

---

5. Il existe plusieurs cercles de pierres sur terre. Un des plus célèbres est celui de Stonehenge en Angleterre.

Les vrais cercles de cristaux émergeaient du sol, gracieuseté du monde minéral. Il suffisait d'en faire la demande et, en moins de temps qu'il n'en faut pour le dire, un cercle se formait. La quantité de cristaux variait en fonction du nombre de participants. Plus les cristaux utilisés étaient gros et purs, plus les échanges télépathiques pouvaient couvrir de grandes distances. Certains cristaux mesuraient plus de vingt mètres de hauteur. Le cercle symbolisait l'égalité entre tous.

— Si je comprends bien, Larin, les cercles de cristaux jouaient le rôle de centrale télépathique pour ceux et celles qui écoutaient leur cœur.

— Oui, et en ce qui a trait aux communications à distance et à la transmission des pensées, les cercles de cristaux étaient bien plus efficaces qu'Internet!

— Est-ce que vos centrales télépathiques avaient un mode de transmission à haute vitesse?

— Voilà que vous faites de l'humour, Monsieur Jacquot.

— Ça m'arrive! À l'époque d'Aramos, les humains pouvaient donc utiliser ces cercles de cristaux.

— Oui, et cela leur facilitait drôlement la tâche, entre autres lors des réunions du Conseil des sages. Les gens habitaient souvent très loin les uns des autres.

— Pourquoi ne pas avoir créé le Grand Conseil avant la venue d'Aramos?

— Sa création n'a été possible que lorsque chacun prit conscience que tous les règnes de la nature étaient intimement reliés entre eux et que l'équilibre des uns dépendait de celui des autres. C'est Aramos qui enclencha cette prise de conscience. N'oubliez pas qu'il fut le premier humain à recevoir les enseignements des maîtres de chacun des royaumes. Par sa seule présence, il transformait les conflits en feux de joie. La création du Grand Conseil marqua un point tournant dans l'histoire de la Terre. Tous les règnes conclurent un pacte d'entraide, de respect et d'amour. Ils firent de l'équilibre et de l'harmonie le chemin à suivre. Ensemble, ils rédigèrent les « Tables de lois ».

— De quoi s'agit-il?

— Il s'agit d'un ensemble de lois favorisant le maintien de l'équilibre et de l'harmonie entre tous les royaumes. L'une d'elles concernait justement la semaine de neuf jours.

— Nous y voilà enfin. Que s'est-il passé?

— Le Grand Conseil dédia le neuvième jour de la semaine à la fête de l'équilibre et de l'harmonie.

— À quoi servait le huitième jour?

— Le huitième était un jour de besogne où tous travaillaient à corriger chacun des déséquilibres sur terre.

— Est-ce qu'une seule journée suffisait?

— Pas au début, mais après quelques années, cela prenait souvent moins d'une journée.

— Une seule journée pour éliminer tous les déséquilibres! Je sens de l'exagération dans l'air.

— C'était pourtant le cas. Je vous prie de me croire. La période suivant la création du Grand Conseil fut, sans contredit, la plus belle de l'histoire de la Terre. À l'image de ce que vous avez vu dans la Cité de la paix ce matin, l'équilibre et l'harmonie régnaient à la surface. Jamais il n'y avait eu autant d'échanges entre les cinq royaumes. Inspirée par l'histoire d'Aramos, une directrice d'école, appelée affectueusement « Madame Agathe », créa la toute première école mixte du royaume des cœurs.

— Une école mixte?

— Il s'agissait d'une école où les enfants recevaient les enseignements de professeurs en provenance de chacun des règnes. Les classes se donnaient autant à l'intérieur des murs que dans la nature. Les résultats de l'initiative de Madame Agathe furent tellement concluants pour les enfants que toutes les écoles au sein du royaume d'Aramos devinrent mixtes. Imaginez, ne serait-ce qu'un instant, un groupe d'enfants assis devant un rocher qui partage avec eux ses connaissances. C'est grâce aux écoles mixtes que se développèrent chez les humains les métiers de jardinier, de fermier et de joaillier, pour n'en nommer que quelques-uns.

Pour nous, du monde de l'imaginaire, cette période de l'histoire était d'autant plus agréable que nous pouvions passer autant de temps que nous le désirions à la surface. Jamais les humains n'avaient été aussi gentils envers nous. Tous collaboraient, main dans la main, au bien-être de chacun et tout le monde avait la vie plus facile.

— Pourquoi cet air triste tout à coup, Larin?

— Bah! c'est juste que ce serait agréable si on pouvait refaire l'histoire.

— Ça prendrait un autre tour de magie du Semeur d'étoiles.

— C'est qu'il est très patient.

— Vous ne m'avez toujours pas dit pourquoi nous sommes passés d'une semaine de neuf jours à une semaine de sept jours.

— Faut être patient!

— Ce n'est pas ma faute. Vous avez piqué ma curiosité au début de notre rencontre. Comment se fait-il qu'il n'y ait plus aucune trace de cette période de l'histoire que vous me décrivez depuis ce matin?

— Nombreuses sont les traces, Monsieur Jacquot, mais rares sont ceux qui les voient. Telle une vague qui efface les écrits sur le sable, le temps a effacé la mémoire du monde. Pourquoi croyez-vous que le chiffre huit est encore aujourd'hui associé à l'équilibre?

— En raison du huitième jour où tous travaillaient à ramener l'équilibre sur terre?

— Vous voyez, en voilà une trace.

— Que s'est-il produit pour que ce monde idéal, dont j'ai eu un aperçu dans la Cité de la paix, ne soit plus qu'un rêve aujourd'hui?

— Est-ce que vous connaissez l'histoire d'Ackmore et d'Atimore?

— J'ai bien peur que non.

— Désirez-vous que je vous la raconte?

— Je ne sais pas.

— Vous ne savez pas!

— Je blaguais, Larin.

— Je n'ai pas souvent la chance de raconter des histoires.

— Loin de moi l'idée de vous priver de ce plaisir, cher Larin. Je suis tout ouïe.

— Merci, Monsieur Jacquot. Voici leur histoire…

Ackmore et Atimore

Le cours de l'histoire de la Terre prit un virage inattendu lors du décès d'Aramos. Aussitôt sa mort annoncée, le Conseil des sages enclencha le processus de sélection du nouveau roi. Tout avait été mis en place pour que ça se passe bien. Aramos avait presque tout prévu avant son départ. Pour lui, son remplaçant devait à tout prix posséder un cœur des plus purs et avoir fait montre d'un profond respect, autant envers les humains qu'envers les créatures des autres royaumes. Dans un premier temps, le Conseil des sages sélectionna dix personnes pour passer une première ronde d'entrevues et d'examens. Des dix candidats qu'elle comptait au départ, la liste fut réduite à deux, soit Ackmore et Atimore. Fait inattendu, c'étaient des jumeaux.

— Dites-moi, Larin, comment les membres du Conseil des sages ont-ils fait pour établir la liste des dix premiers candidats?

— Ils recevaient régulièrement un bulletin détaillé présentant ceux et celles dont la sagesse et la pureté de cœur se distinguaient de celles des autres. C'est donc à partir de ces renseignements qu'ils dressèrent la liste.

— Vous avez dit « ceux et celles ». Cela signifie qu'ils auraient pu couronner une reine?

— Oui. D'ailleurs, il y avait des femmes dans la

liste des dix. Cependant, les candidatures d'Ackmore et d'Atimore se démarquaient vraiment des autres.

— Qu'est-il arrivé ensuite?

— Une nouvelle ronde d'examens plus poussés et d'entrevues plus approfondies fut menée sans pour autant permettre aux membres du Conseil des sages de départager lequel des jumeaux ferait le meilleur roi. Dans l'impasse, les sages et les cardinaux décidèrent de se réunir au sommet du mont Chiara, un site exceptionnel pour sa beauté et pour son silence. Ce mont constituait un endroit idéal pour la prise de décisions éclairées. Néanmoins, même après plusieurs jours de méditation et de réflexion, ils ne réussirent toujours pas à arrêter leur choix sur l'un ou l'autre des frères jumeaux. Embêtés, les membres du Conseil des sages se résignèrent à convoquer le Grand Conseil afin d'obtenir l'aide de leurs amis des autres règnes, dont Grand Prêtre Dragon. En moins de deux, tous et toutes s'empressèrent de les rejoindre au sommet du mont Chiara.

— N'ont-ils pas utilisé un cercle de cristaux?

— Oui, pour certains qui ne pouvaient s'y rendre physiquement. Pourriez-vous imaginer une baleine au sommet d'une montagne?

— Dans l'imaginaire, tout est possible, cher Larin! Il aurait suffi de lui donner des ailes!

— Quand même!

— N'aviez-vous jamais remarqué que nos premiers

ballons dirigeables ressemblaient à s'y méprendre à des baleines volantes?

— Monsieur Jacquot, mon histoire est sérieuse!

— Je vous laisse continuer, dit Monsieur Jacquot en déployant un large sourire.

— En réponse à la demande du Conseil des sages, les minéraux consultèrent leurs archives. Ils s'attardèrent sur un passage signalant l'existence d'un désert que nul humain n'avait encore foulé de ses pieds sans s'y perdre à jamais, un endroit mystique susceptible de révéler la vraie nature de celui qui y pénètre. Malheureusement, leurs archives manquaient de précision et ne permettaient pas d'identifier le lieu en question.

Les végétaux sentirent une chaleur au bout de leurs racines, puis un grand vide. Ils renchérirent sur les dires des minéraux en suggérant qu'Atimore et Ackmore aillent méditer là où rien ne pousse, où l'eau n'est que mirage et où le ciel se confond avec l'horizon. Tout comme les minéraux, ils échouèrent dans leur tentative de déterminer le lieu dont ils percevaient l'existence. En fermant les yeux et en ouvrant leur cœur, les animaux reçurent l'image d'un grand livre magique écrit dans une langue étrangère. D'instinct, ils se tournèrent du côté de Grand Prêtre Dragon. Celui-ci respirait tout doucement, le regard inquisiteur. Tenant compte des dires de chacun, il demanda à un de ses assistants de lui apporter le livre d'Aéros, un ouvrage sacré contenant les enseignements des Torémores, créateurs du monde de l'imaginaire. Grand Prêtre Dragon consulta son livre pendant que tous attendaient impatiemment sa réponse.

Après avoir poussé de profonds soupirs un tantinet inquiétants, il dit ceci : « Il existe au centre de la Terre un désert alimenté par le feu qui gouverne le cœur des dragons. Nul humain n'a pu à ce jour y mettre les pieds sans y voir son cœur se consumer. » Hésitant à nommer ce désert, Grand Prêtre Dragon demanda aux membres du Conseil des sages : « Mes amis, êtes-vous prêts à risquer l'équilibre du royaume des cœurs pour identifier votre nouveau roi? » Le silence se fit. Après avoir délibéré sur la question, les sages et les cardinaux conclurent que celui qui sortirait vivant de ce lieu mystique deviendrait forcément un grand roi. Ainsi, l'équilibre de l'humanité serait préservé à coup sûr.

En entendant le fruit de leur réflexion, Grand Prêtre Dragon poussa une fois de plus de longs et profonds soupirs, conscient qu'il était des risques encourus. On pouvait même voir des étincelles au bout de son nez. Avec un timbre de voix empreint de résignation et de sagesse, il dit : « Sahori… Le lieu que vous recherchez est le désert de Sahori. Il est situé dans la Terre du milieu, immédiatement après les plaines de Dagobi. Nous y conduirons vos deux prétendants. Je vous conseille fortement de méditer pour les aider à purifier leur cœur. Leur vie en dépend. »

Dès l'instant suivant, les membres du Conseil des sages reprirent leur méditation et entonnèrent des chants silencieux. Les représentants des autres règnes s'en retournèrent paisiblement, quoiqu'un peu inquiets en raison de l'attitude hésitante de Grand Prêtre Dragon. Jamais ils ne l'avaient vu aussi soucieux.

C'est ainsi que deux superbes dragons conduisirent Atimore et Ackmore au désert de Sahori.

— Ce ne devait pas être évident de voler à dos de dragon.

— Ce n'est pas plus compliqué que de monter à cheval. Il faut juste ne pas avoir le vertige.

— Vous parlez au présent, Larin. Est-ce que cela signifie qu'ils existent toujours?

— Oui. Je vous l'ai dit plus tôt, ce sont eux qui gardent les portes d'entrée de la Terre du milieu.

— J'avais oublié.

— Nous sommes souvent plusieurs à monter sur leur dos. Les dragons font même des courses pour tenir la forme.

— Ici-bas, ils ont plutôt mauvaise réputation.

— C'est la faute à Ackmore, Monsieur Jacquot.

— Pourquoi Ackmore?

— Vous allez comprendre une fois que j'aurai terminé mon histoire. Ce que je peux vous dire, c'est que les dragons sont tout le contraire des méchantes créatures que l'on vous a dépeintes dans de nombreux contes et légendes. Ce sont des êtres d'une profonde sagesse, d'une douceur et d'un humour hors du commun. Les dragons étaient toujours parmi les plus grands animateurs des fêtes du neuvième jour.

— J'aimerais bien en voir un.

— Il n'y a que de très rares humains dont les yeux au-dessus de leur nez permettent de les voir.

— Pourrais-je les voir avec les yeux du cœur?

— Bien sûr. Si vous leur demandez gentiment, cela leur fera plaisir de se pointer dans votre demeure.

— Ma maison étant aussi petite que celle de Rosie, je m'imagine mal y accueillir un dragon!

— Je ne parlais pas de votre maison, Monsieur Jacquot, mais de la demeure en votre cœur!

— D'accord, mais là, je crois que j'ai pris un coup de soleil sur la tête.

— Je sens que vous êtes un peu sceptique et que vous avez du mal à croire que les dragons existent encore de nos jours. Pour un semeur d'imaginaire, c'est un peu décevant.

— Je ne sais pas pourquoi, Larin, mais je m'imagine mal en train de voler sur le dos d'un dragon.

— Pour ce qui est de votre coup de soleil, je peux vous assurer qu'il n'a rien en commun avec celui qu'Ackmore et Atimore ont pris en pénétrant dans le désert de Sahori.

— Que s'est-il passé?

— Leur voyage pour s'y rendre dura plus de deux jours, et ce, sans escale.

— Est-ce possible que les dragons soient moins rapides que ma petite pyramide de cristal?

— Monsieur Jacquot, la différence entre vous et les jumeaux, c'est que vous avez voyagé dans l'imaginaire, tandis qu'eux sont entrés au centre de la Terre autant avec leur corps qu'avec leur esprit. Ai-je besoin de vous rappeler que votre corps voyage pas mal moins vite que votre esprit?

— Comment Ackmore et Atimore ont-ils pu pénétrer dans la Terre du milieu s'ils n'avaient pas un cœur cristallin?

— C'est qu'en ces temps reculés le désert de Sahori constituait un passage obligé pour quiconque entrait au centre de la Terre et qu'il fallait un cœur cristallin pour réussir l'épreuve de ce désert. Parmi les habitants de la surface, seuls quelques humains s'y étaient aventurés. Comme aucun d'entre eux n'en était sorti vivant et que les créatures vivant au centre ne pouvaient en mentionner l'existence, cet endroit demeura jusque-là inconnu des autres royaumes à la surface. Pour améliorer leurs chances de réussite, Ackmore et Atimore furent soumis à un petit rituel en entrant dans la Terre du milieu...

— D'accord, mais si Grand Prêtre Dragon connaissait l'existence du désert de Sahori, pourquoi a-t-il eu besoin de consulter le livre d'Aéros?

— Pour une raison que je ne peux pas vous expliquer sans dévoiler l'intrigue de mon histoire.

— J'ai la curieuse impression de rêver les yeux grands ouverts.

— Vous ne rêvez pas. C'est juste que le conteur que vous êtes n'est pas habitué à faire partie d'une histoire.

— Puis-je vous demander qui écrit mon histoire?

— Je n'ai pas le droit de vous divulguer son identité et, de toute façon, vous ne le connaissez pas encore.

— J'ai vraiment pris un coup de soleil sur la tête, moi!

— C'est plutôt en entrant dans la maisonnette de Rosie que vous avez pris un coup sur la tête.

— Comment savez-vous cela?

— Je vous l'ai déjà dit, Monsieur Jacquot, nous sommes toujours à vos côtés.

— Toujours?

— Presque. Nous vous laissons cependant des moments d'intimité.

— C'est gentil à vous.

— Voulez-vous connaître la suite de mon histoire?

— Bien sûr!

— Voici ce qui est arrivé à Ackmore et à Atimore dans le désert de Sahori…

Le désert de Sahori

En entrant dans la Terre du milieu, Ackmore et Atimore furent éblouis par ses splendeurs. Imaginez un endroit où les plus beaux paysages du monde côtoient des myriades de cristaux, le tout éclairé par un soleil souriant à souhait. Les deux dragons déposèrent leurs passagers dans une clairière, au milieu d'un cercle formé de huit énormes cristaux. Des textes sacrés, rédigés dans la langue des Torémores, étaient gravés sur chacun. Un faisceau lumineux d'une puissance inouïe provenant du soleil pénétra chacun des cristaux pour ensuite foudroyer les jumeaux droit au cœur. Leurs yeux s'en trouvèrent illuminés.

L'instant d'après, les visages d'une multitude d'espèces minérales, végétales et animales firent leur apparition sur les cristaux, comme si chacune tenait à voir Ackmore et Atimore à l'aube d'une aventure qui allait changer le cours de l'histoire. À la fin de ce rituel, un coup de tonnerre retentit dans le ciel, donnant le signal aux dragons de conduire les deux frères sur le seuil du désert de Sahori.

— Saviez-vous que vous êtes pas mal bon pour raconter des histoires?

— Je sais, et je suis encore meilleur lorsqu'on me donne la chance de les terminer!

— J'ai compris. Je me tais.

— La démarcation entre le désert brûlant et le reste

du paysage surprend toujours au premier coup d'œil. Du sable chaud se dégage une odeur de soufre qui s'avère particulièrement efficace pour éloigner les curieux.

— C'est bon pour moi!

— Monsieur Jacquot!

— Mille excuses. Poursuivez.

— Ackmore fut le premier à s'aventurer dans le désert. Dès qu'il y mit un pied, un tourbillon de sable le projeta plusieurs kilomètres plus loin. Par bonheur, il ne fut pas blessé. Voyant ce qui venait d'arriver à son frère, Atimore hésita avant d'entrer. « Ackmore a sûrement fait un faux pas! » pensa-t-il. Se grattant le dessus de la tête, il réfléchit à la meilleure façon d'y pénétrer. Il risqua un premier pas au moins deux mètres à droite de l'endroit où son frère s'était envolé. Dès que le pied gauche suivit le pied droit, Atimore fut avalé par le sable. Après une glissade qui lui parut interminable dans les entrailles du désert, il fut rejeté quelque cent lieues plus loin. Lorsqu'il ouvrit les yeux, il se toucha de la tête aux pieds pour s'assurer qu'il était toujours vivant. Autour de lui, il n'apercevait que des dunes, à perte de vue, et nulle trace de son frère.

D'entrée de jeu, Ackmore et Atimore tentèrent de communiquer entre eux, mais le désert de Sahori rendait la télépathie impossible. Seuls pour affronter leur destin, les jumeaux se posèrent bien des questions : « Que faire? Où aller? Pourquoi suis-je ici?

Ai-je vraiment envie de devenir le Roi des rois? »
Autant d'interrogations qui ne trouvèrent d'autre
réponse que le murmure du vent.

ᘒᘒᘒ

Le désert de Sahori est un endroit où l'illusion prend
forme à la moindre pensée. Atimore fut le premier à le
constater. Alors qu'il était assoiffé, une échoppe d'eau
lui apparut comme par enchantement. Au moment de
la prendre, du sable glissa entre ses doigts. Surpris, il
jongla avec l'idée de se rafraîchir au bord d'un cours
d'eau et, là encore, l'illusion fut parfaite; une rivière
apparut sous ses yeux. Prudent, Atimore testa l'eau du
bout du pied pour finalement constater que tout cela
n'était qu'un mirage.

Il observa attentivement les alentours à la recherche
de repères, mais le désert de Sahori n'en offrait aucun.
En regardant discrètement le soleil, une phrase lancée
par un de ses maîtres de classe lui revint en tête :
« Il n'y a point de repères plus précieux que ceux qui se
trouvent en son âme pour aller à la rencontre de sa
destinée… » Atimore comprit alors que la route à
suivre était à l'intérieur de son cœur. S'assoyant en
prenant la position de la fleur de lotus[6], il ferma les
yeux et entreprit son voyage…

---

6. Posture yogique du lotus.

Ackmore constata lui aussi que ses pensées se transposaient en illusions, mais sa réaction fut tout autre que celle de son frère. Il observa longuement le soleil afin de deviner sa course et ses cycles. Ce fut toutefois peine perdue puisqu'il agissait de façon bien différente de celui à la surface.

Ackmore partit ensuite d'un pas volontaire à la recherche d'indices susceptibles de le guider sur sa route. Comme nulle trace de pas ne résistait au va-et-vient du vent, il tourna en rond pendant plusieurs jours. L'urgence de la soif et de la faim le tenaillait de plus en plus, et cela, malgré les enseignements reçus des plus grands professeurs qui lui avaient appris à maîtriser chaque cellule de son corps et à surmonter la douleur physique. Une nuit, alors qu'il somnolait, un tourbillon le propulsa au pied d'une montagne. En ouvrant les yeux, il aperçut un sentier éclairé par une lumière qui émanait du sol. Il pensa alors avoir trouvé la route qui allait lui permettre de vaincre le désert de Sahori. Une fine pluie lui permit de recouvrer quelques forces, et c'est d'un pas rapide qu'il parcourut le sentier pour atteindre le sommet, devenu le centre de ses pensées.

Là-haut, il découvrit un trône en marbre noir, lequel était caché sous des broussailles. Dès qu'il y prit place, Ackmore vit le monde se déployer à ses pieds. Malgré la nuit, tout lui apparut clair et beau. L'espace d'un instant, il crut qu'il avait surmonté l'épreuve du désert et qu'on venait de le proclamer Roi des rois. À l'instant où cette dernière pensée lui traversa l'esprit, de nombreuses images se bousculèrent dans sa tête, lui rappelant ses bonnes et ses moins bonnes actions passées, comme s'il visionnait le film de sa vie à l'envers.

— C'est généralement ce qui se produit, Larin, lorsqu'une personne atteint le crépuscule de sa vie.

— C'est vrai, Monsieur Jacquot, mais le désert de Sahori va beaucoup plus loin. Il oblige ses visiteurs à passer en revue non seulement leurs actions passées, mais aussi et surtout, les intentions derrière chacune d'elles. Voilà pourquoi on dit de Sahori qu'il est le désert des intentions.

— Ce ne doit pas toujours être facile de revisiter ses intentions passées.

— Pour Ackmore, cela se déroula plutôt bien jusqu'aux images précédant sa naissance. Là, il se vit dans le ventre de sa mère en train de pousser son frère, au risque de l'étouffer, pour s'assurer de sortir le premier. Il vit ensuite sa mère mourir en raison de cet accouchement difficile. Pour Ackmore, le temps se figea sur ces images. Jamais il ne s'était cru responsable de la mort de sa mère. Le film de sa vie se déroula de nouveau dans sa tête, mais en ne s'arrêtant cette fois que sur les occasions où, souvent très subtilement, il avait tenté de devancer son frère. Son empressement à entrer dans le désert de Sahori cachait ce désir avide d'être premier dans tout, quelles qu'en fussent les conséquences.

Le cœur meurtri par ces images, Ackmore leva les yeux au ciel, qui s'en trouva aussitôt truffé de nuages noirs et opaques. Certains prirent la forme de créatures maléfiques. Des coups de tonnerre retentirent, puis des éclairs jaillirent de la pénombre. Une fois les nuages dissipés, l'ensemble des habitants de la Terre étaient là, devant lui, inclinés à ses pieds. Il vit le côté obscur de chacun. Foudroyé par cette vision d'horreur, Ackmore tomba de son trône et son cœur se serra dans sa poitrine, comme s'il se consumait de l'intérieur. Le trône et la montagne disparurent sous ses pieds et il sombra à corps perdu dans les sables chauds. Au bord du délire, il se rappela la « prophétie des terres noires ».

— Quelle est cette prophétie? demanda Monsieur Jacquot avec empressement.

— Il est dit que chaque être qui vit sur terre porte en son cœur le germe des terres noires et qu'un jour, un homme se lèvera et réunira en une seule nation tous ceux et celles qui comme lui auront cultivé ce germe. Il prendra la tête d'une armée redoutable, composée de guerriers au cœur obscur dont la force et les prouesses n'auront d'égal que leur haine de la lumière. Pire, cet homme favorisera l'éclosion du germe des terres noires dans le cœur de tous les êtres vivants. Cet homme sera le Roi des rois et son couronnement marquera le début de la domination humaine sur les autres royaumes.

— Dites donc! Elle n'est pas très drôle cette prophétie!

— Je sais. Imaginez ce que ce fut pour Ackmore. Pour lui, mieux valait mourir que de courir le risque qu'elle puisse se réaliser à travers lui.

— Si je comprends bien, Larin, les terres noires font référence au côté noir de l'être et non pas au continent africain.

— Exactement, Monsieur Jacquot. Chacune de nos mauvaises intentions se transforme en graine que l'on sème dans le coin sombre de notre jardin intérieur. On dit de ce bout de jardin qu'il est fait de terres noires.

— C'est drôle, parce qu'on dit souvent que ça prend de la bonne terre noire pour faire un bon jardin!

— C'est que ce coin de jardin est très fertile et grandit parfois à notre insu. Il peut même se faire envahissant et prendre toute la place en notre cœur si on n'y prête pas attention. À l'époque, ceux qui cultivaient le germe des terres noires avaient tendance à se tenir loin du royaume des cœurs. On les retrouvait dans les coins les plus reculés de la Terre.

ⓖⓖⓖ

Le voyage intérieur d'Atimore fut bien différent de celui de son frère. Assis sur le sol, les yeux fermés et le visage fouetté par le sable et le vent, il entra dans un niveau de méditation si élevé qu'il réussit à maîtriser les besoins exprimés par son corps. Au fil des jours, il revisita l'ensemble de sa vie. Ses erreurs étaient source d'apprentissage, ses bonnes actions, source de fierté et d'humilité. Son voyage intérieur se transforma en une véritable séance de purification. Des larmes de joie et de tristesse lui permirent de nettoyer les zones sombres de son âme. Le soleil du centre, qui l'observait du haut du ciel, vit une boule de lumière l'entourer. Celle-ci grandissait au rythme de la progression d'Atimore sur sa route intérieure. Quand vint le temps de revisiter ses intentions, il constata avec surprise que ses erreurs cachaient souvent de bonnes intentions, alors que ses bonnes actions en cachaient parfois de mauvaises. Jamais Atimore n'avait pénétré aussi loin en son cœur.

Quoique fortement secoué en revoyant les circonstances du décès de sa mère, il ne songea pas un instant à en vouloir à Ackmore. Son amour pour lui allait au-delà des intentions, qu'elles fussent mauvaises ou non. Par contre, Atimore ne put s'empêcher de penser qu'il aurait pu lui céder le passage sans heurts. Il aurait tant aimé connaître sa mère. Un sentiment de culpabilité épouvantable l'envahit. Il dut méditer pendant plusieurs heures sur ce seul événement avant de réussir à se pardonner. Comme le disait Grand Prêtre Dragon : « Il est toujours préférable de pardonner que d'alimenter le feu de la rancœur et des regrets. Si on ne peut refaire l'histoire, on peut toujours et en tous lieux changer le regard que l'on pose sur elle. »

Une fois son voyage intérieur terminé, Atimore ouvrit les yeux. À sa grande surprise, il était assis en dehors du désert de Sahori. En balayant les environs du regard, il aperçut au loin Grand Prêtre Dragon se dirigeant vers lui. Lorsque l'instant d'après Atimore pensa à son frère, sa poitrine se serra si fort qu'il ressentit d'instinct que celui-ci était en danger. Oubliant la venue de Grand Prêtre Dragon, il courut dans le désert afin de le sauver. Comme Sahori n'avait plus de secrets pour lui, Atimore le retrouva en un rien de temps. À demi conscient, Ackmore tenta de le convaincre de le laisser mourir. Il lui dit :

« Frère, pardonne-moi. Mon destin se termine ici. Tu es le nouveau Roi des rois et je suis fier de toi. »

« Te pardonner quoi au juste? répliqua Atimore. On fait tous des erreurs dans la vie. Je vais te sortir d'ici. »

« Rappelle-toi la prophétie des terres noires. »

« Cela fait des millénaires qu'on nous claironne cette prophétie dans les oreilles et elle ne s'est jamais réalisée. »

Toujours bombardé d'images terrifiantes, Ackmore perdit conscience, ce qui permit à Atimore de le sortir du désert sans tarder.

◎◎◎

Le regard inquiet, Grand Prêtre Dragon félicita Atimore pour avoir réussi l'épreuve du désert de Sahori. Il le surnomma le « Roi-Soleil » en raison de la boule de lumière qui l'entourait et de ses yeux, aussi brillants que le soleil du centre.

— Saviez-vous, cher Larin, que la France a déjà eu un roi portant ce surnom? Si je me souviens bien, il s'agit de Louis XIV.

— Louis XIV a choisi le soleil comme emblème parce que, pour lui, il représentait la plus vive et la plus belle image d'un grand monarque. Qui sait? Peut-être s'était-il inspiré de l'histoire d'Atimore et aspirait-il à devenir le Roi des rois.

— Tout est possible. Poursuivez votre histoire. Je suis curieux de connaître la suite.

— Après avoir repris ses sens, Ackmore tenta d'échapper au regard de Grand Prêtre Dragon, sentant que celui-ci savait ce qu'il avait vécu à l'intérieur du désert. À la surface, la nouvelle de la réussite d'Atimore se propagea comme une traînée de poudre. On organisa une grande fête en son honneur.

Une fois les jumeaux de retour au royaume des cœurs, le Conseil des sages accueillit Atimore et le couronna Roi des rois. Tous soulignèrent son courage, sa ténacité et, surtout, sa pureté de cœur. Ackmore reçut aussi des félicitations, mais la douleur dans sa poitrine était telle que tout compliment agissait sur lui comme de l'huile sur le feu. Hanté par les images entourant le décès de sa mère et par la prophétie des terres noires, il décida de partir au loin afin de panser ses blessures au cœur.

— Atimore devait bien percevoir la souffrance de son frère.

— Oui, Monsieur Jacquot, mais il se retrouva rapidement au milieu d'un tourbillon d'activités en raison des célébrations entourant son couronnement et de ses nouvelles responsabilités. Vous savez, le rôle de Roi des rois n'est jamais de tout repos!

— Ça, je n'ai aucune difficulté à l'imaginer.

— Lorsque Atimore questionna son frère sur les motifs de son départ et sur ses intentions, celui-ci lui répondit qu'il avait besoin de se retirer afin de repenser sa vie et qu'il désirait lui laisser toute la place en ces jours de fête. Les deux frères s'étreignirent vigoureusement avant de se dire au revoir. Dissimulant sa vive douleur, Ackmore lança un regard admiratif et affectueux à son frère avant de prendre la route, son baluchon sur l'épaule.

‪ගⓄ‬

Les festivités soulignant le couronnement d'Atimore durèrent plus d'une semaine. Plusieurs spéculèrent sur les nombreuses épreuves qu'il avait dû subir à l'intérieur du désert de Sahori. Bien qu'Atimore leur répétait sans cesse que sa plus grande épreuve consistait à voyager en son cœur et à se pardonner ses erreurs et ses mauvaises intentions passées, les gens n'en continuèrent pas moins à imaginer mille et un dangers et tout autant de prouesses!

De son côté, Grand Prêtre Dragon observait le tout avec un brin d'inquiétude dans les yeux. Nul humain n'avait survécu au désert de Sahori avant Atimore. Il avait fallu que sa pureté de cœur soit sans faille pour réussir un pareil exploit. Toutefois, le sauvetage de son frère ne présageait rien de bon. Un soir, alors qu'il s'était retiré dans ses quartiers, Grand Prêtre Dragon consulta le livre d'Aéros. Tournant les pages, il s'arrêta sur celle concernant la prophétie des terres noires. Attristé, il referma son livre en poussant un grand soupir. C'est ici que la légende des terres noires entre en jeu.

— Est-ce qu'il s'agit d'une prophétie ou d'une légende?

— Vous savez bien, Monsieur Jacquot qu'une prophétie annonce des événements à venir alors qu'une légende se rapporte à des événements passés.

Au temps où vivaient Ackmore et Atimore, il s'agissait d'une prophétie, maintenant il s'agit d'une légende.

— Ce que vous êtes brillant, Larin!

— Monsieur Jacquot, permettez-moi d'attirer votre attention sur le fait que les lutins sont tous brillants!

— Brillants et modestes!

— Tout à fait!

— Elle a l'air terrible cette légende des terres noires.

— Je peux vous la raconter si vous le désirez.

— Avez-vous déjà pensé tenir un festival de contes et de légendes sur l'île de Coll? Vous remporteriez sûrement un vif succès.

— J'avoue que cette idée est séduisante, mais les visiteurs se font plutôt rares.

— Pourtant, l'île est tellement belle.

— Avant la réalisation de la prophétie des terres noires, l'île de Coll était accessible à tous. Depuis, on doit la protéger. Si certains disent qu'elle est sans visage, c'est que nul n'a le droit de la photographier. Seuls quelques peintres reçurent la permission d'en représenter de petits bouts sur leurs toiles.

— C'est dommage.

— Effectivement, Monsieur Jacquot, mais vous allez comprendre pourquoi il en est ainsi une fois que je vous aurai raconté la légende des terres noires…

Les terres noires

Ackmore n'avait pas de destination précise en tête au moment de quitter le royaume des cœurs. Tout ce qu'il désirait, c'était de s'en éloigner pour panser ses plaies intérieures. Le long du chemin, les gens louangèrent son frère et le félicitèrent d'avoir lui-même survécu au désert de Sahori. Saluant chacun de la main gauche, la main droite toujours posée sur sa poitrine à la hauteur du cœur, Ackmore poursuivait sa route en tentant de fuir le spectre de sa destinée. À peine sorti du royaume des cœurs, il croisa un corbeau qui lui dit :

« Seigneur Ackmore, il est un lieu où les larmes se transforment en diamants et où les ombres apaisent les âmes blessées. »

« Quel est ce lieu, oiseau de malheur? » demanda Ackmore.

« Les grottes de Yarkus, Seigneur, et permettez-moi de vous faire remarquer que je ne suis point un oiseau de malheur, mais votre humble serviteur. »

« Où sont ces grottes? »

« Au cœur de la montagne de Gibraltar. »

« Cette montagne n'a pas très bonne réputation, corbeau. »

« Ne vous fiez pas aux racontars. Au contraire, la montagne de Gibraltar renferme en ses grottes des trésors d'une valeur inestimable. Je peux vous y conduire si vous le désirez. »

À cette époque, la montagne de Gibraltar était considérée par plusieurs comme le point central entre le nord, le sud, l'est et l'ouest. Un mystère l'entourait. Selon la légende, elle avalait le soleil intérieur de ceux et celles qui s'y aventuraient.

— Je vous prie de m'excuser, Larin, mais Ackmore devait bien le savoir.

— Oui, mais il était brave et n'avait peur de rien. Comme il espérait un signe pour choisir la direction à suivre, il crut bon d'accepter l'offre du corbeau.

— Est-ce que cette montagne de Gibraltar a un lien quelconque avec le rocher de Gibraltar que l'on connaît aujourd'hui?

— Je pourrais vous répondre, Monsieur Jacquot, mais je préfère vous laisser deviner.

— Je ne suis pas très habile au jeu des devinettes.

— Il n'est jamais trop tard pour apprendre! Comme je vous l'ai dit plus tôt, nombreuses sont les traces du passé, parfois même sous votre nez.

෴

Quelques jours plus tard, Ackmore croisa un vieil homme tenant un magnifique bâton de pèlerin sculpté à la main. Assis sur un rocher, l'homme lui sourit et l'invita à s'asseoir à ses côtés. Fatigué, Ackmore accepta sans se faire prier. Le vieil homme lui demanda :

« Que s'est-il passé au centre de la Terre, Seigneur Ackmore? »

« Comment savez-vous mon nom, vieil homme? »

« C'est que votre renommée n'a plus de frontières. Vaincre le désert de Sahori est un exploit hors du commun. »

« Vous faites erreur. Ce n'est pas moi qui l'ai vaincu, mais mon frère. »

« Vous en êtes pourtant sorti vivant et c'est là tout un exploit. Il n'est point de malaise à vaincre avec de l'aide. »

L'oiseau, tout de noir vêtu, observait la scène en maugréant en silence contre le vieil homme qui poursuivit en disant :

« Je sens chez vous une vive douleur au cœur, Seigneur Ackmore. Il a dû se passer quelque chose de terrible dans le désert. »

« Vieil homme, je ne tiens pas à en parler. Nous avons tous des défis à relever et, pour l'instant, mon seul souci est de fuir cette douleur. »

« Pourquoi parcourir mille lieues? On ne peut fuir ce qui est en nous, Seigneur Ackmore. »

« Je sais tout cela, vieil homme. J'ai besoin de méditer et de réfléchir. Je ne pouvais le faire en restant auprès de mon frère. »

« Votre frère vous a déjà tout pardonné. »

« Mon frère ne sait rien. »

« Pourtant, lui aussi était présent dans le ventre de votre mère et, tout comme vous, le désert de Sahori l'a conduit dans les zones les plus profondes de son âme. Sachez que son plus grand défi n'était pas de VOUS pardonner d'avoir provoqué cet accouchement difficile, mais de SE pardonner de ne pas vous avoir cédé le passage plus facilement. Sahori pousse toujours l'homme au bord de l'abîme, là où sa vraie nature se révèle. Ne craignez-vous pas de répéter la même erreur? »

« Que voulez-vous dire? »

« Le plus grand voyage qui soit est celui à l'intérieur de soi. Il s'agit aussi du plus périlleux. N'oubliez pas que Sahori est le désert des intentions. Il n'en tient qu'à vous de matérialiser ou non les illusions qui aujourd'hui meurtrissent votre cœur, ou mieux, de vous pardonner vos intentions passées. Le vrai voyage du pèlerin débute le jour où il ferme les yeux pour aller à sa propre rencontre. Nul humain n'avait survécu auparavant à Sahori, simplement parce que nul ne pouvait accepter sa nature imparfaite. Vous le savez bien, seuls le pardon et l'amour libèrent les cœurs. Si l'excellence est une noble cible, la recherche de la perfection est source de perdition pour les êtres imparfaits que nous sommes. »

« Pourquoi me questionner, vieil homme, si vous connaissez déjà toutes les réponses? »

« Je ne suis qu'un simple guide des montagnes, Seigneur Ackmore. Je ne fais qu'éclairer la route des voyageurs. Le défi que vous avez à relever est certes grand, mais il est à votre mesure. Prenez garde de ne pas vous égarer à la surface en fuyant votre essence qui, elle, se trouve en vous. À l'heure des choix, il est toujours préférable d'entrer en son cœur plutôt qu'au cœur de la montagne se pointant devant… »

« Je dois vous laisser, vieil homme. La route m'attend », dit Ackmore, mettant ainsi fin à leur conversation.

Abasourdi par cette rencontre, Ackmore poursuivit sa route en tentant de faire le vide dans sa tête. À l'approche de la montagne de Gibraltar, il fut surpris d'être abordé par d'étranges créatures aux corps tordus et aux visages défaits, dont certaines l'appelèrent « maître ». Ackmore avait beau leur répéter qu'il n'était le maître de personne, plusieurs s'entêtèrent à le suivre. Une fois devant l'entrée des grottes, il repensa au vieil homme et au dernier message qu'il lui avait lancé. Le corbeau devina ses pensées, mais n'osa pas intervenir. Bien que la douleur le tenaillait toujours, Ackmore décida de gravir la montagne plutôt que d'entrer dans les grottes.

Une fois au sommet, la vue du soleil brillant lui rappela celui du centre de la Terre, et la tristesse l'envahit. La nostalgie de sa vie d'avant la mort d'Aramos, avec ses joies et ses bonheurs en partage, noya son soleil intérieur. Il maudit ensuite les images de Sahori. Même si une petite voix portée par le vent lui répétait de se pardonner, Ackmore s'y refusait. Il s'en croyait incapable. Toujours aux aguets, le corbeau se posa sur son épaule et lui dit : « Seigneur Ackmore, que de larmes perdues pour rien! Laissez-moi vous conduire à l'intérieur des grottes de Yarkus. » En proie à une souffrance insupportable, Ackmore se résigna à le suivre.

᧧᧧᧧

Telle une fourmilière, les grottes de Yarkus renfermaient des centaines de galeries et de chambres souterraines. On aurait dit un labyrinthe sans fin. Cela explique en partie pourquoi de nombreux aventuriers s'y étaient perdus pour ne plus jamais en ressortir.

Ackmore risqua un premier pas à l'intérieur des grottes, puis un second, et une voix portée par l'écho lui dit : « Bienvenue chez toi, Roi des rois. » Ackmore fit la sourde oreille. Le corbeau l'invita aussitôt à se diriger dans l'une des chambres. Une paillasse étendue sur le sol et un bon feu l'y attendaient. Épuisé, Ackmore se coucha, ferma les paupières et s'endormit. Durant son sommeil, des larmes jaillirent de ses yeux et se transformèrent en diamants que le corbeau s'empressa de récupérer. Rapidement, la rumeur courut parmi les êtres au cœur obscur que le Roi des rois, tel qu'annoncé dans la prophétie des terres noires, était désormais parmi eux. Provenant de partout sur la terre, ceux-ci marchèrent en direction de la montagne de Gibraltar.

Au matin, une gouttelette d'eau formée par l'humidité ambiante s'échappa du plafond, tomba sur le front d'Ackmore et le réveilla. En ouvrant les yeux, il fut surpris de constater qu'un repas lui avait été servi. Affamé, il avala le tout en deux temps trois mouvements. Dès que son repas fut terminé, une partie des grottes s'illumina, lui indiquant ainsi le chemin à suivre. Après avoir marché quelques centaines de mètres, Ackmore vit un antre éclairé, le cœur de Yarkus. Il est dit que chaque fois qu'une personne cultivait le germe des terres noires, une partie de son soleil intérieur se trouvait emprisonnée dans cet antre.

Le regard d'Ackmore marqua l'étonnement. Devant lui se trouvait un trône en marbre noir identique à celui qu'il avait découvert dans le désert de Sahori. De nombreux vases en or, contenant une quantité inimaginable de diamants, jonchaient le vaste plancher. Sous le choc, Ackmore n'osa pas s'asseoir sur le trône. Il sentit alors qu'en tentant de fuir sa destinée, il avait avancé vers elle.

ⓢⓢⓢ

Ackmore sentait son cœur s'assécher de jour en jour. Il devinait qu'il devait quitter les grottes, mais plus le temps passait, plus il s'y sentait chez lui. Il se prit même d'affection pour les créatures qui en silence lui rendaient visite.

Une nuit, après un mauvais rêve qui le réveilla en sursaut, des pleurs mêlés à de la colère brouillèrent son esprit. Ackmore ne put s'empêcher de repenser au temps où sa vie respirait la joie et le bonheur. Une rafale de questions surgit dans sa tête : « Pourquoi Grand Prêtre Dragon et les amis des autres règnes ont-ils suggéré l'épreuve du désert de Sahori ? Voulaient-ils ma mort ? Peut-être espéraient-ils dominer les humains ? Sinon, pourquoi mon frère ne m'a-t-il pas laissé mourir ? Comment a-t-il pu être si inconscient ? S'il avait reçu les mêmes images que moi en tête, jamais il ne serait venu me sauver. Pourquoi ne lui a-t-on pas permis de voir ces images ? Pourquoi les sages et les cardinaux ne pouvaient-ils pas identifier le meilleur de nous deux ? On nous a toujours enseigné à aller de l'avant quoi qu'il advienne, à apprendre des expériences du passé, mais que faire avec une telle vision d'horreur ? Il aurait mieux valu que Grand Prêtre Dragon se taise. Je ne me reconnais plus. On disait de moi que j'avais un cœur des plus purs et me voici dans l'abîme des grottes de Yarkus. Bientôt, je devrai combattre mon frère. Moi qui adorais mes amis du monde de l'imaginaire, me voilà trahi. Pourquoi ? »

— Vous me semblez bien triste, Larin, en me racontant cette histoire.

— C'est qu'il aurait été préférable pour Ackmore et pour nous tous qu'il écoute le vieil homme.

— Si Ackmore l'avait écouté, peut-être seriez-vous sans travail aujourd'hui!

— Peut-être, mais nous aurions plus de temps pour jouer avec les amis.

— Que s'est-il passé ensuite pour Ackmore?

— Lors de sa huitième nuit à l'intérieur des grottes, il versa la dernière larme de son cœur. Au lever du jour, il prit place sur son trône, puis contempla les trésors de Yarkus. Son visage se fit de plus en plus lourd, triste et sombre. Ses yeux, d'un naturel brillant, s'obscurcirent et devinrent vitreux et opaques. Un sentiment de haine l'envahit… Brisant le silence, Ackmore dit à voix haute : « Demain, je tuerai tous les dragons, et s'il le faut, je les pourchasserai jusque dans les entrailles de la Terre. Je détruirai à jamais le monde de l'imaginaire. » C'est alors qu'une voix résonna dans l'antre et dit : « Maître, votre armée attend le signal du départ. Vous êtes le plus grand. Vous êtes le Roi des rois… »

— Ackmore est donc entré en guerre contre son frère?

— Oui, Monsieur Jacquot. Voici ce qui s'est passé…

La guerre des Ackmores

Pendant que le cœur d'Ackmore se vidait de ses dernières larmes à l'intérieur des grottes de Yarkus, des dizaines, voire des centaines de milliers de guerriers s'étaient réunis au pied de la montagne de Gibraltar pour accueillir leur nouveau roi. Sur la côte, de nombreux navires de guerre attendaient le signal du départ. La mer, d'ordinaire d'un bleu azur, présentait une teinte grisâtre. La nouvelle de ce rassemblement se répandit telles des feuilles de peupliers poussées par le vent. La nation ackmorienne venait de naître. Déjà, une odeur de combat planait dans l'air. La prophétie tant redoutée par Grand Prêtre Dragon prenait forme.

Le mont Chiara fut le théâtre d'une réunion extraordinaire du Grand Conseil. Un vent de panique soufflait sur l'ensemble des royaumes. La tension se lisait sur tous les visages. Nul n'était préparé à faire la guerre. On pointa vite Atimore du doigt pour la naissance de la nation ackmorienne. « Si tu n'avais pas sauvé ton frère du désert de Sahori, jamais cette nation n'aurait pris forme », dirent certains. D'autres blâmèrent les minéraux pour l'existence des grottes de Yarkus. Ceux-ci répliquèrent en reprochant aux animaux le fait que c'était un des leurs, en l'occurrence le noir corbeau, qui avait guidé Ackmore vers les grottes maudites.

Après avoir laissé chacun s'exprimer, Grand Prêtre Dragon battit des ailes en signe d'impatience et dit : « Il est écrit dans le grand livre d'Aéros que, tôt ou tard, les humains devront affronter le germe des terres noires pour poursuivre leur évolution. Auriez-vous oublié, mes amis les minéraux, les végétaux et les animaux, que vous avez chacun à votre tour dominé à la surface de la Terre ? Auriez-vous également perdu la mémoire concernant le premier coup de bleu du Semeur d'étoiles pour calmer le feu des minéraux ou encore son grand coup de blanc qui provoqua la période glaciaire ? Tout comme l'équilibre, le déséquilibre naît d'une intention. L'heure n'est pas à la discorde. N'avez-vous pas remarqué qu'en agissant comme vous le faites, les Ackmores gagnent du terrain en vos cœurs ? L'humanité risque l'éclatement. Ackmore tentera de détruire le royaume de l'imaginaire et d'asservir les autres règnes. Plus que jamais, nous devrons nous entraider pour empêcher la domination de la nation ackmorienne à la surface de la Terre. Le défi est grand, mais qui sait jusqu'où cette aventure nous conduira ? »

Le discours de Grand Prêtre Dragon calma les esprits. Barka, le chef des loups, fut le premier à promettre son aide à Atimore. Toutes les créatures de chacun des royaumes l'imitèrent. Pour sa part, Grand Prêtre Dragon commanda la création de grandes cités au centre de la Terre, afin d'y accueillir les espèces qui, à la surface, risquaient de disparaître.

Fort de l'appui de l'ensemble des membres du Grand Conseil, Atimore convoqua tous les chevaliers disponibles pour former son armée. Dans un élan de courage incroyable, des milliers d'hommes et de femmes répondirent à l'appel. Lors de son discours à la nation, le Roi-Soleil expliqua la gravité de la situation. Il dit : « Ackmore va tout faire pour anéantir le royaume de l'imaginaire et détruire l'équilibre des mondes. Il va tenter de nous diviser pour mieux dominer. De la même façon que les grottes de Yarkus ont éveillé le germe des terres noires en son cœur, lui et son peuple feront tout pour provoquer l'éclosion du vôtre. Nos pires ennemis ne sont pas ceux que nous devrons combattre à mains nues, mais ceux qui risquent d'éteindre notre soleil intérieur, tels le doute, la peur et l'orgueil. Lorsque le Soleil au haut du ciel versera une larme, l'heure des combats aura sonné. N'oubliez jamais que le plus grand bouclier qui soit a toujours été et sera toujours le cœur. »

Les dents serrées et le regard songeur, Atimore revêtit son armure, empoigna son épée et fila au cimetière des vents pour se recueillir devant le tombeau d'Aramos. Là, il posa un genou au sol, ferma les yeux et vit en son cœur le visage de son roi lui imposant les mains sur la tête. Aramos lui dit : « Atimore, depuis ta naissance, l'astre du jour a toujours brillé pour toi alors que le second soleil, que tu ne peux voir de tes yeux, a constamment illuminé ton âme. L'armée de ton frère est puissante, mais la tienne l'est plus encore. Il y aura bien sûr la guerre à la surface, mais la seule vraie guerre sera celle des cœurs. Va et aie confiance. Tu es maintenant et pour toujours le gardien du royaume des cœurs... » Les yeux dans l'eau, Atimore rejoignit le Conseil des sages, transformé pour l'heure en conseil de guerre.

ⓖⓖⓖ

Lorsque Ackmore sortit des grottes, tous ses guerriers se mirent à crier en brandissant leurs armes, et les navires hissèrent leurs voiles. Une créature au corps difforme déposa à ses pieds une armure en armatis, un métal forgé à même les entrailles de Yarkus. Une telle armure résiste à tous les coups et rien ne peut la transpercer. Toutefois, celui qui la porte voit son cœur se changer en pierre. Ackmore n'en savait rien et l'enfila sans tarder.

Enivré par la démonstration de hargne de son armée, il prononça le discours suivant : « Frères, le temps des terres noires est arrivé. Pour la première fois de votre existence, vous formez une nation. Toutes les créatures de tous les règnes possèdent en leur cœur le germe des terres noires. Il vous revient d'en provoquer l'éclosion pour que demain, vous soyez libres! »

Malgré son cœur de pierre, Ackmore allait donner une chance à son frère d'éviter la guerre. Le soir venu, il communiqua avec Atimore au moyen d'une boule de cristal semblable à une immense perle noire. Il lui dit :

« Atimore… depuis trop longtemps déjà, les humains se plient à la volonté des autres règnes alors que nous devrions les dominer. Tu m'as sauvé la vie au moment où j'aurais préféré mourir. Aujourd'hui, je t'offre l'occasion de sauver la tienne. Rends-toi. Évite de me combattre. Ne rassemble pas une armée et tu éviteras les massacres. La mienne est bien trop puissante. Frère, le temps des terres noires est arrivé… »

« Pourquoi cette boule de cristal, Ackmore? répliqua Atimore. Ne peux-tu pas communiquer avec moi comme autrefois, avec ton cœur? Tu sais bien que le partage est préférable à la domination. Tout nous est offert par nos amis des autres royaumes. Pourquoi tiens-tu à les dominer? »

« Ils ont détruit ma vie et je détruirai la leur. »

« Toi qui n'as pas réussi à vaincre le spectre de tes intentions, jamais tu ne vaincras ton roi. »

« Tu n'es point mon roi, Atimore. D'ailleurs, n'as-tu pas remarqué que le soleil dans ton cœur brille déjà moins qu'avant? »

« L'ombre que tu vois en mon âme, cher frère, n'est que le reflet de ton miroir. Tu t'apprêtes à trahir tous ceux qui t'ont aimé. »

« Qu'est-ce que l'amour, Atimore? Le sais-tu vraiment? As-tu déjà mis les pieds dans les grottes de Yarkus? Mon visage ne fait que mettre en lumière l'ombre en ton âme. Le jour où tu aimeras cette ombre autant que la lumière qui s'y trouve, alors tu sauras ce qu'est l'amour. »

« Sache que pour sortir de Sahori, j'ai dû pardonner à cette ombre, chose que tu n'as pas réussi à faire. Si seulement tu pouvais soutenir mon regard à travers ta boule de cristal, l'espace d'un instant, tu comprendrais à quel point il est triste pour moi de te voir ainsi, avec un cœur de pierre. »

« C'est pourtant sur cette pierre que je bâtirai mon empire. Dis à ton ami Barka qu'il paiera très cher d'avoir été le premier à t'offrir son aide. J'ordonnerai à mes guerriers de chasser les loups jusqu'à ce qu'ils soient exterminés. »

Sur ces derniers mots, Ackmore interrompit la communication. Dans l'heure qui suivit, il forma un conseil de guerre composé de quatre chefs, un pour chacune des directions. Toute la nuit durant, ils élaborèrent ensemble un plan absolument terrifiant.

— Qu'avait-il de si terrifiant?

— Pour satisfaire sa vengeance, Ackmore exigea que soient tués tous les dragons, sans exception. Les autres créatures de l'imaginaire qui accepteraient de se ranger à ses côtés seraient épargnées. Dans le cas des minéraux, Ackmore ordonna à ses guerriers d'extirper de la terre toutes les pierres précieuses, tout l'or et tout l'argent pour en faire les nouveaux symboles de son pouvoir.

Enfin, il commanda la coupe de tous les arbres matures et la chasse de toutes les espèces d'animaux ne pouvant être domestiquées par l'homme.

Lorsque Ackmore donna le signal du départ à ses guerriers, le Soleil, qui avait observé la scène en silence du haut du ciel, versa une larme. Les nuages blancs qui l'accompagnaient prirent la fuite, pourchassés qu'ils étaient par de gros nuages noirs. C'est ainsi que débuta la guerre des Ackmores.

ⓖⓖⓖ

Dès les premiers mois, les guerriers ackmores remportèrent de nombreuses batailles et coupèrent des millions d'arbres matures, tuant ainsi des forêts entières. Un grand nombre de dragons furent assassinés. Par la menace, Ackmore et son armée réussirent même à convaincre plusieurs créatures de l'imaginaire de passer de leur côté, ce qui explique l'apparition de « l'imaginoire » sur terre.

— L'apparition de quoi?

— De l'imaginoire.

— Qu'est-ce que c'est?

— C'est l'équivalent de ce que vous appelez aujourd'hui la magie noire, mais appliquée au monde de l'imaginaire.

— Comment se fait-il que les dragons se soient pratiquement fait exterminer s'ils sont si forts et si agiles en plein vol?

— C'est en raison de leur cœur d'or. Un dragon ne ferait pas de mal à une mouche. Plusieurs d'entre eux furent victimes d'un arrêt cardiaque en se frottant à la hargne et à la haine des Ackmores. D'autres se réfugièrent au centre de la Terre.

— Il me semble qu'il doit être possible d'avoir un cœur d'or tout en sachant se défendre au besoin.

— Bien sûr que oui, et les dragons ont appris. N'oubliez pas qu'ils sont devenus de farouches gardiens de la Terre du milieu. De là, la mauvaise réputation que leur ont faite Ackmore et ses guerriers, qui tentèrent plus d'une fois, en vain, d'entrer au centre.

Du côté des humains, le plus bel exemple d'un être au cœur d'or capable de se défendre fut Drake, le plus grand chevalier de l'histoire du royaume des cœurs. Dès le début de la guerre, son nom se retrouva rapidement sur toutes les lèvres. Les Ackmores avançaient sur tous les fronts sauf sur ceux défendus par lui. Il était presque aussi fort qu'un dragon, et ses victoires se comptaient par milliers. Habile comme pas un à manier les armes et fin stratège, Drake gravit tous les échelons de l'armée jusqu'au jour où le Roi-Soleil lui offrit d'en prendre la tête à sa place, un honneur qu'il accepta avec beaucoup de fierté. Dès lors, l'armée du royaume des cœurs regagna du terrain sur celle des Ackmores à un point tel que plusieurs crurent à une victoire complète sur l'ennemi. Mais... il n'en fut rien. Sans que nul ne sache comment ni pourquoi, Drake disparut subitement. Jamais personne ne le revit au royaume d'Atimore.

— Que lui est-il arrivé?

— Nul ne le sait. Le bruit courut qu'il avait été tué, mais jamais personne ne réussit à trouver son corps. Seules son armure et son épée furent retrouvées à l'entrée du royaume des cœurs. De mauvaises langues avancèrent l'idée qu'il avait rejoint le clan des Ackmores en échange d'un million de pièces d'or. Là encore, personne ne put en faire la preuve. Le plus triste, c'est qu'après sa disparition les Ackmores reprirent le dessus sur l'armée d'Atimore.

◎◎◎

Du haut du ciel, le Semeur d'étoiles fut bien triste à la vue des dommages causés par Ackmore et son armée. Tant de travail avait été accompli par l'ensemble des royaumes pour vivre en équilibre et en harmonie qu'il avait peine à croire au retour du chaos sur terre. Il décida donc de donner un coup de pouce à Atimore.

— Qu'a-t-il fait?

— Connaissez-vous, Monsieur Jacquot, la vraie nature des étoiles filantes?

— Ce phénomène est causé, si j'ai bonne mémoire, par des corps célestes qui entrent dans l'atmosphère terrestre, mais j'ai l'impression, cher ami, que vous avez une tout autre explication en tête.

— Désirez-vous la connaître?

— Je vous écoute, cher ami.

— Voici…

Les étoiles filantes

Bien calé dans le gros fauteuil de son atelier, le Semeur d'étoiles se creusa la tête à la recherche d'une solution pour rétablir l'équilibre et l'harmonie sur terre. En plein questionnement, un bruit le fit sursauter. Son gros pot de peinture blanche sautillait sur l'étagère pour attirer son attention et lui rappeler qu'il n'avait qu'à donner un autre grand coup de blanc. Le Semeur d'étoiles n'avait pas envie de recommencer à zéro. En raison du lien qui unissait son soleil intérieur à celui de chaque habitant de la Terre, donner un grand coup de blanc aurait équivalu à détruire une partie de lui-même. Il utilisa toutefois un peu de blanc pour lancer un avertissement à la nation Ackmorienne, provoquant ainsi une grosse tempête de neige en plein été. Mal lui en prit. Ackmore et ses guerriers perçurent cette tempête de neige estivale comme un signe d'approbation de sa part quant à leurs agissements! Déçu, le Semeur d'étoiles poursuivit sa réflexion…

Se rappelant la magnifique histoire du roi Aramos, il se dit : « Pourquoi ne pas introduire deux étoiles au cœur de tous les enfants à naître? » En entendant cette réflexion, son sac de semences d'étoiles sauta de l'étagère au pupitre. Je ne sais pas si vous le savez, Monsieur Jacquot, mais les semences étoiles adorent se loger dans le cœur des enfants.

— Pourquoi donc?

— C'est leur meilleur moyen d'éclore sur terre.

— Pourquoi éclore sur notre planète alors qu'elles peuvent briller dans le ciel?

— Parce qu'il s'agit d'une belle mission de vie que de faire rayonner le soleil au cœur des enfants. C'est ainsi que, pendant un bon mois, le Semeur d'étoiles saupoudra la Terre de semences d'étoiles et que naquirent des millions d'enfants aux yeux brillants. Pour Atimore et ses chevaliers, cette salve d'étoiles filantes apparut comme une bénédiction des cieux et un signe avant-coureur de leur victoire prochaine sur la nation ackmorienne. Dans le monde de l'imaginaire, tous étaient bien heureux de la venue de ces enfants qui représentaient une aide inespérée dans leur travail, devenu un combat, pour restaurer l'équilibre et l'harmonie sur terre.

— Ackmore ne devait pas être content.

— Oh que non! Lorsque ses conseillers l'avisèrent de cette pluie d'étoiles filantes dans le ciel, Ackmore, qui connaissait très bien l'histoire de la naissance d'Aramos, se rendit sans tarder au sommet de la montagne de Gibraltar pour observer la scène. Impuissant et furieux comme cent lions en cage, il pénétra à l'intérieur des grottes de Yarkus, s'assit sur son trône et élabora un stratagème visant à déjouer les plans du Semeur d'étoiles.

Imaginez! À peine avait-il posé son postérieur sur son siège royal que la voix d'Atimore retentit à l'intérieur des grottes pour lui dire : « Frère, n'as-tu pas remarqué les étoiles filantes dans le ciel? Jamais tu ne vaincras le royaume des cœurs. » La colère d'Ackmore fut si grande que la montagne de Gibraltar vola en éclats, libérant ainsi toute la lumière jusque-là prisonnière des grottes. Les millions de diamants se changèrent en larmes, et un puissant torrent inonda chacune des galeries et des chambres de Yarkus. Le spectacle dans le ciel fut haut en couleur.

— C'est ainsi que la montagne de Gibraltar devint un énorme rocher!

— Vous avez tout deviné, Monsieur Jacquot.

— Ce fut donc la fin pour Ackmore?

— Non, Ackmore fut sauvé par son armure. Mais, toujours furieux, il ordonna la création d'une brigade spéciale ayant pour mandat d'identifier les enfants aux yeux brillants et de cultiver en leur cœur le germe des terres noires. Pour Ackmore, il fallait s'assurer à tout prix que ces enfants ferment la porte au royaume de l'imaginaire. Plusieurs furent kidnappés, puis placés dans des orphelinats et des pensionnats d'où l'imagination et la créativité avaient été bannies. Certains enfants en arrivèrent même à nier l'existence du monde de l'imaginaire.

— L'intervention du Semeur d'étoiles n'a donc pas fonctionné.

— Oui et non.

— Larin!

— Son intervention redonna du courage aux chevaliers de cœur, qui redoublèrent d'ardeur au combat. Cependant, au fil du temps, la séduction, la peur et le doute, alimentés par l'ennemi, réussirent à convaincre un nombre grandissant d'entre eux de passer du mauvais côté. Certains en vinrent à se questionner sur la pertinence de défendre les autres règnes.

— La séduction, la peur et le doute sont des moyens très différents.

— La séduction chatouille l'orgueil, tandis que la peur nourrit le doute. Ensemble, elles favorisent l'éclosion du germe des terres noires au creux des cœurs. Plusieurs humains furent séduits à l'idée de dominer les autres règnes. Pour justifier leur choix de passer dans le camp des Ackmores, certains d'entre eux proclamèrent que le Semeur d'étoiles avait fait cadeau du pouvoir de dominer aux humains. C'est à cette période, croit-on, que naquit l'idée d'exclure les humains des règnes de la nature! En fait, on ne sait plus trop si ce sont les autres règnes qui ont choisi de les exclure ou si ce sont les humains eux-mêmes qui en ont décidé ainsi.

En un peu plus de cinq ans, Ackmore doubla puis tripla le nombre de ses guerriers. À l'inverse, l'armée de son frère fut décimée. Avant ce qui s'annonçait comme l'ultime bataille, Atimore convoqua le Conseil des sages une dernière fois. Tous prirent place autour d'une table ronde sculptée dans du marbre blanc. Peu de mots furent échangés. Devant l'ampleur des dégâts, chacun donna son accord à Atimore pour qu'il contacte son frère et mette fin aux combats. Le Roi-Soleil s'exécuta et Ackmore lui donna rendez-vous le lendemain à l'aube sur les plaines du Midi.

À l'heure prévue, Atimore se présenta sur les lieux, accompagné des cardinaux, des sages et de quelques chevaliers. Devant eux, le spectacle était saisissant. Des guerriers à perte de vue jalonnaient les plaines. Des créatures hideuses au corps difforme occupaient les premiers rangs, suivies par des hommes à cheval, dont plusieurs anciens chevaliers de cœur. On les reconnaissait par l'emblème du Roi-Soleil gravé sur leur armure ainsi que sur la garde de leur épée. Atimore s'en trouva profondément attristé. De son côté, Ackmore posait fièrement devant son armée. La victoire était sienne.

Lorsque tous deux se présentèrent au centre des plaines, le vent cessa sa course. Au moment de rendre les armes, Atimore fixa Ackmore droit dans les yeux et lui dit : « Frère, tu as gagné la bataille à la surface, mais jamais tu ne pourras gagner la guerre sur la route des cœurs. Les étoiles filantes pleuvront dans le ciel tant que l'équilibre et l'harmonie ne seront pas de retour sur terre. Ces armures que tes guerriers et toi portez pour vous protéger auront tôt fait de se transformer en prisons. »

L'instant d'après, le vent souffla fortement et Grand Prêtre Dragon descendit du ciel pour se poser à la droite d'Atimore. Alors que ses soldats s'apprêtaient à le tuer, Ackmore leva le bras gauche pour leur signifier d'attendre. Il dit : « Pourquoi es-tu revenu à la surface, Grand Prêtre, toi qui as laissé tomber tes amis des autres règnes? Vois comme ma victoire est grande! »

Grand Prêtre Dragon répliqua : « Ackmore, en gagnant la bataille contre ton frère, tu as perdu ton essence. Il est écrit que chaque fois qu'un humain commet un geste qui va à l'encontre de l'équilibre de la vie sur terre, il perd une parcelle de son humanité. » En s'adressant cette fois à l'ensemble des guerriers ackmores, Grand Prêtre Dragon dit haut et fort : « Tant que les humains domineront les autres royaumes, ils seront esclaves d'eux-mêmes. »

Atimore fixa son frère dans les yeux une dernière fois et lui dit simplement : « Ackmore… je te pardonne. » Puis, comme par magie, le Roi-Soleil , ses compagnons et Grand Prêtre Dragon disparurent…

— Comment ont-ils fait pour disparaître?

— Ils ont suivi les conseils de Grand Prêtre Dragon.

— Larin!

— Je ne peux pas vous dévoiler les secrets du monde de l'imaginaire, mais le principe de base consiste à élever son niveau vibratoire.

— Comment réussit-on à élever son niveau vibratoire?

— Il suffit de purifier son cœur. Seuls ceux qui possèdent un cœur cristallin ont la possibilité de disparaître, mais je ne peux pas en dire plus.

— On en revient toujours à ça, purifier son cœur. Malheureusement, cela semble plus facile à dire qu'à faire.

— La difficulté de purifier votre cœur, Monsieur Jacquot, correspond à la taille des illusions que vous nourrissez.

— Vous voilà philosophe.

— Il n'est pas plus difficile de purifier son cœur que de faire le ménage de sa maison. Si vous attendez des siècles avant d'enlever la poussière, cela représente toute une corvée, mais pour qui le fait tous les jours, cela ne prend que quelques minutes.

— Je vous aime bien, cher Larin.

— Ah! voilà le charme de mon intelligence qui opère!

— C'est plutôt l'humilité de votre intelligence qui me charme! Où sont allés Atimore et ses compagnons après avoir disparu?

— Vous ne vous rappelez pas ce que je vous ai raconté plus tôt, Monsieur Jacquot?

— Cela fait plusieurs heures que vous me racontez des histoires!

— Ils ont pénétré dans la Terre du milieu.

— Ont-ils utilisé une pyramide de cristal?

— Non, mais ne me demandez pas comment ils ont fait pour s'y rendre. C'est un secret.

— D'accord, mais Atimore a-t-il abandonné son royaume?

— Oui et non. Ne vous fâchez pas, Monsieur Jacquot! Je vais vous expliquer.

— Je ne suis pas fâché.

— En allant au centre de la Terre, Atimore et ses compagnons purent regrouper leurs forces et poursuivre la guerre en concentrant leurs efforts sur la route des cœurs. Rappelez-vous ce que lui avait dit Aramos : « Tu es maintenant et pour toujours le gardien du royaume des cœurs. » Vous savez, ce royaume est d'abord et avant tout en chacun de nous, tout comme la route qui nous y conduit.

— Atimore a-t-il gagné la guerre sur la route des cœurs?

— Je suis surpris que vous me posiez cette question.

— Pourquoi, Larin?

— Avez-vous déjà, une seule fois, croisé un Ackmore sur cette route?

— Pas que je sache.

— Au nombre de fois que vous y êtes allé, si Atimore n'avait pas gagné cette guerre, vous en auriez sûrement croisé quelques-uns. Ackmore et ses guerriers n'ont jamais pu s'approcher de la route des cœurs, d'une part parce qu'il fallait un brin d'imaginaire pour y accéder, et d'autre part parce que, comme pour la Terre du milieu, cette route était gardée farouchement par les dragons.

— Ils auraient pu employer des créatures de l'imaginoire?

— Non, parce que les dragons les reconnaissaient.

— Ce fut donc la fin du royaume des cœurs à la surface.

— Pas tout à fait, puisque, après qu'Ackmore eut remporté la victoire, le Semeur d'étoiles saupoudra régulièrement le ciel de semences d'étoiles. Lorsqu'un enfant fermait la porte du monde de l'imaginaire, un nouveau-né prenait la relève. Ainsi, même à la surface de la Terre, le royaume des cœurs ne cessa jamais d'exister. Ackmore ne pouvait tout de même pas empêcher les naissances.

— Est-ce que tous les enfants naissent maintenant avec des étoiles au cœur?

— Avez-vous déjà vu un seul bébé qui n'ait pas les yeux brillants?

— Non.

— Vous avez votre réponse, Monsieur Jacquot. Atimore l'avait bien dit à son frère : « Les étoiles filantes pleuvront dans le ciel tant que l'équilibre et l'harmonie ne seront pas de retour sur terre. »

— Si je comprends bien, Atimore a gagné la guerre sur la route des cœurs, mais pour ce qui est de la guerre à la surface de la Terre, rien n'est terminé.

— Elle ne se terminera que le jour où l'équilibre et l'harmonie seront de retour entre tous les êtres de tous les royaumes.

— Parlez-moi du règne d'Ackmore.

— Avec plaisir…

Le règne d'Ackmore

Après s'être autoproclamé Roi des rois, Ackmore élabora un ensemble de lois visant à anéantir le monde de l'imaginaire et à renforcer la domination des humains sur les autres règnes. L'une de ces lois provoqua la réduction de la semaine, qui passa de neuf à sept jours. Quant aux Tables de lois élaborées par le Grand Conseil, elles furent jetées à la mer. Ackmore tenait à éliminer tout ce qui était susceptible de rappeler ce temps où l'ensemble des royaumes vivaient en équilibre et dans l'harmonie.

Pour bien asseoir son pouvoir, il écarta toutes formes de hiérarchie basée sur le cœur pour en établir une nouvelle, en forme de pyramide, axée sur les richesses matérielles, le savoir et les habiletés physiques. La définition des rôles des humains, telle qu'on l'avait connue sous Aramos, et même avant lui, s'en trouva complètement chamboulée. On assista à une course folle vers l'accumulation des richesses et à un pillage du monde minéral; l'or et l'argent étaient particulièrement recherchés. Les savants eurent tout à coup le réflexe de garder jalousement leurs connaissances plutôt que de les partager. Les sages furent réduits au silence par les guerriers ackmores, alors que les plus forts imposèrent leurs muscles aux plus faibles. Ce fut le monde à l'envers!

— Combien de temps Ackmore a-t-il régné?

— Cinq ou six longues années.

— Cela me semble un peu court, surtout provenant de la bouche d'un lutin!

— Ces années furent terribles, Monsieur Jacquot, et tout le monde en subit encore les conséquences aujourd'hui. N'oubliez pas que les humains dominent toujours les autres royaumes à la surface de la Terre.

— Voulez-vous dire que les humains ont dominé les autres espèces pendant tout ce temps?

— Oui.

— L'équilibre ne s'est-il jamais rétabli depuis?

— Bah oui! à certains endroits! Lorsqu'une société adopte des règles et des lois en fonction du cœur, l'équilibre et l'harmonie renaissent toujours avec joie et bonheur.

— Qu'est-il arrivé à Ackmore pour que son règne soit si court?

— Après avoir rassemblé une fortune colossale, il ressentit un grand vide en lui, comme si tout à coup sa vie n'avait plus aucun sens. Pourtant, selon les règles qu'il avait lui-même établies, il avait tout pour être heureux.

Un jour, alors qu'il était assis seul au bord de l'océan, Ackmore retira son armure pour mieux respirer l'air marin. Son regard se posa sur une petite fleur aux allures de marguerite. Celle-ci fronça les sourcils et courba l'échine de peur de se faire couper la tête.

Surpris, Ackmore détourna les yeux en direction du ciel bleu et vit un aigle qui planait en silence. À coups de grandes inspirations, il tenta en vain de combler son vide intérieur.

Les yeux perdus dans l'immensité de l'eau, Ackmore plongea dans ses souvenirs. Le film de son enfance lui revint en tête en noir et blanc. Les couleurs d'antan avaient été effacées de sa mémoire. Soudain, un cri de l'aigle le fit sursauter. Devant, une baleine l'observait tendrement, telle une grand-mère qui regarde son petit-fils. Elle lui lança un large sourire. Ackmore sentit une grosse vague d'amour déferler sur lui. Ému pour la première fois depuis des lustres, il demanda pardon à la grande dame des mers pour le mal qu'il avait fait à la Terre et à ses habitants. Celle-ci lui répondit :

« Je n'ai pas à te pardonner, Ackmore, tu n'as fait qu'accomplir ta mission. »

« Quelle mission? J'ai détruit la beauté du monde. »

« Non, Ackmore. Tu n'as fait que confronter les humains et les autres créatures au germe des terres noires que tous portent en eux. À partir d'aujourd'hui, il revient à chacun de choisir sa voie entre celle du cœur et celle des terres noires. Tu avais raison lorsque tu as dit à ton frère que nul ne peut prétendre savoir ce qu'est l'amour s'il n'a pas appris à aimer autant l'ombre en son âme que la lumière qui s'y trouve. Par contre, Atimore avait effectivement nettoyé tous les recoins de son cœur à intérieur du désert de Sahori. »

« L'histoire aurait-elle pu être différente? »

« Nul ne le sait, Ackmore, mais tôt ou tard les humains se devaient d'affronter leur côté sombre. Le cours de l'histoire s'écrit chaque jour en nos cœurs. Il revient à chacun d'en écrire les lignes. »

Sur ces belles paroles, madame la baleine lui renvoya tellement d'amour que le cœur d'Ackmore se mit à battre à nouveau. Selon la légende, il grimpa sur le dos de sa nouvelle amie et fila à la recherche de son frère.

— A-t-il réussi à le retrouver?

— Ceux qui s'aiment d'un amour pur finissent toujours par se retrouver, Monsieur Jacquot. La bonne nouvelle, c'est qu'aucun cœur de pierre ne peut résister à l'amour.

— Que s'est-il passé ensuite avec la nation ackmorienne?

— Dès le départ d'Ackmore annoncé, ses quatre chefs de guerre se proclamèrent Roi des rois, ce qui provoqua des conflits armés. En peu de temps, l'humanité s'en trouva divisée en une multitude de royaumes et de nations. On n'avait plus assez de deux mains pour compter les rois et les reines! C'est d'ailleurs durant cette période qu'on assista à l'apparition des clôtures et des frontières. Les nouveaux maîtres du monde se comportèrent comme des morceaux de casse-tête qui tentent de dominer le jeu.

— Ce serait bien de trouver une façon de remettre tous les morceaux à leur place!

— C'est exactement ce qu'a réussi à faire un petit bonhomme prénommé Kaya dans son coin de pays.

— Kaya, dites-vous?

— Vous comprendrez une fois que vous aurez écrit son histoire. Maintenant, que diriez-vous, cher Monsieur Jacquot, de retourner à la maisonnette? Le Soleil va bientôt fermer les yeux.

— Bonne idée. Je commençais justement à avoir froid.

— Nous nous retrouverons tout à l'heure.

— Ne marcherez-vous pas à mes côtés?

— Non. Je vous prie de m'excuser, mais j'ai une ou deux courses à faire.

— À plus tard, alors…

Une fois Larin parti et Monsieur Jacquot en route vers la maisonnette, le Soleil au haut du ciel ferma ses paupières en saluant sa grande amie la Lune d'un signe de la main. L'île de Coll glissa tout doucement sous une couverture de brume…

Deuxième partie

Un coup d'arc-en-ciel sur la tête

Chemin faisant vers la maisonnette de Rosie, Monsieur Jacquot scruta le firmament tout en se posant au moins un million de questions. La Lune qui éclairait son chemin voyait défiler les points d'interrogation au-dessus de sa tête, à la manière de notes de musique chevauchant une partition. Avait-il passé la journée à rêver? Larin et toutes ses histoires au sujet de la création du monde étaient-ils bien réels? Existait-il effectivement une Cité de la paix au centre de la Terre?

Alors qu'une envie d'éternuer lui chatouillait le bout du nez, deux étoiles filantes taquinèrent le ciel. « Peut-être s'apprêtent-elles à s'introduire dans le cœur d'un enfant? » pensa-t-il. En traversant une allée bordée de cèdres, Monsieur Jacquot ferma les yeux quelques secondes pour en humer le parfum. Après cet instant de pur délice olfactif, il ouvrit les yeux et vit, à sa grande surprise, de la lumière autour de ses mains, puis de tout son corps. En regardant les alentours, il remarqua qu'une lumière multicolore enveloppait l'ensemble des éléments de la forêt : les arbres, les rochers, les fleurs et même l'herbe de chaque côté du sentier. C'était comme s'il avait reçu un coup d'arc-en-ciel sur la tête. Lorsqu'il voulut observer le phénomène de plus près, la lumière disparut. Embêté, Monsieur Jacquot referma les yeux dans l'espoir de reproduire l'expérience. Dans sa tête, il reçut l'image d'un arc-en-ciel inversé, comme si le ciel lui envoyait un sourire moqueur. Quand il rouvrit les yeux, seule la Lune éclairait l'allée.

Dépassé par les événements, il poursuivit sa route, les deux mains enfoncées dans les poches de son pantalon, avec un air d'enfant grognon à qui on a enlevé son jouet. Quelques dizaines de mètres plus loin, le hululement d'un hibou lui donna la curieuse sensation que tous les regards des habitants de la forêt étaient posés sur lui.

À l'approche de la maisonnette, Monsieur Jacquot aperçut la lueur d'une bougie à la fenêtre. Il pressentit que quelqu'un l'attendait à l'intérieur. « Finalement, peut-être que Larin existe vraiment », se dit-il, sachant fort bien que les lutins peuvent courir à des vitesses vertigineuses et que Larin avait probablement eu le temps de faire toutes ses courses et d'arriver avant lui.

Perdu dans ses pensées, Monsieur Jacquot oublia encore une fois de se pencher au moment de franchir le seuil de la porte. Le choc fut terrible. Même les murs de la maison tremblèrent sous la force de l'impact. Pire, il se cogna la tête au même endroit que la veille. En véritable dur de dur et un brin orgueilleux, il fit comme si de rien n'était en voyant son ami Larin, bien assis sur le canapé, qui observait la scène avec les yeux ricaneurs d'un raton laveur.

— Il semble que vous ayez du mal à pencher la tête, Monsieur Jacquot, dit Larin, tout sourire. Ce n'est pas

toujours pratique d'avoir la caboche dans les nuages!
Vous pourriez vous blesser.

— Très drôle! Qui a eu l'idée d'installer des portes si petites?

— Elles ne sont pas trop petites, c'est vous qui êtes trop grand.

— Pourtant, je suis loin d'avoir la taille d'un géant!

— Regardez sur la trop petite table devant vous, je vous ai préparé du thé.

— C'est gentil.

— Je suis toujours gentil, moi!

— Est-ce vous qui avez allumé un feu dans le foyer?

— Non! Il était déjà allumé à mon arrivée.

— Qui l'a allumé, alors?

— Je ne sais pas.

— Mon petit doigt me dit que vous me cachez quelque chose, Larin.

— Pas du tout, Monsieur Jacquot. Vous devez savoir qu'il se produit parfois de drôles de phénomènes sur l'île de Coll... comme un feu qui s'allume tout seul!

— Ce feu me fait grand bien. L'humidité n'est pas très bonne pour mes vieux os.

— L'humilité?

— J'ai dit : L'HUMIDITÉ.

— J'ai dû mal entendre.

— Je ne sais trop pourquoi, mais cette île me donne l'impression d'être un personnage dans un film d'animation.

— Vous ne jouez pas dans un film. Le coup d'arc-en-ciel que vous avez reçu sur la tête tout à l'heure avait pour but de vous donner un nouvel aperçu des vraies couleurs de la vie. C'est ce qui arrive à tous ceux qui mettent les pieds sur l'île.

— Comment savez-vous que j'ai reçu un tel coup sur la tête?

— Vous êtes sur l'île de Coll, Monsieur Jacquot. Tout le monde a bien rigolé en vous voyant.

— Justement, je me sentais observé. Je commence à comprendre pourquoi Mister Charles parle toujours avec enthousiasme de la maisonnette de Rosie. Ce n'est pas l'action qui manque par ici.

— L'île de Coll a changé sa vie. Attendez de voir ce qui va vous arriver.

— Quoi donc?

— Je ne peux rien vous dévoiler.

— Pourquoi?

— Parce que tout dépend de vous.

— Ce n'est pas très gentil de me tendre une perche pour vous défiler ensuite.

— Je ne me défile pas. Tous ceux qui ont reçu un coup d'arc-en-ciel sur la tête ont vu leur vie se transformer pour le mieux. Je n'ai pas à en dire davantage.

— Euh!

— Buvez du thé, cela vous replacera les idées.

— J'en ai bien besoin.

— Vous allez m'excuser maintenant, mais je dois partir. J'ai un rendez-vous. On m'attend.

— Est-ce un rendez-vous romantique?

— Vous voilà indiscret!

— Je ne suis pas indiscret, seulement un peu curieux. Avez-vous une amoureuse?

— Une amoureuse, moi?

— C'est bien la première fois que je vois un lutin rougir.

— Monsieur Jacquot! Je suis votre premier lutin.

— Vous n'avez toujours pas répondu à ma question.

— Ce sera pour une autre fois. Je suis déjà en retard.

— Vais-je vous revoir un jour, cher lutin aux allures de marin?

— Vous n'aurez qu'à m'inviter en votre demeure.

— Mes amis n'ont jamais besoin d'invitation. Vous serez le bienvenu chez moi quand bon vous semblera.

— Merci, Monsieur Jacquot. Vous me comblez de joie. Surtout, gardez l'œil ouvert.

— Que va-t-il m'arriver encore?

— Je ne sais pas, mais avec les yeux grands ouverts et les oreilles aux aguets, on s'assure de ne rien manquer. Ici, même les murs ont des histoires à raconter.

— Je n'en doute pas un instant! Cela dit, je tiens à vous remercier, cher Larin, pour cette magnifique journée.

— La journée n'est pas finie.

— Je croyais que vous étiez en retard.

— Ça y est, vous me foutez à la porte, dit Larin, mi-blagueur.

— Je ne vous fous pas à la porte, c'est vous qui dites avoir un rendez-vous galant.

— Galant! C'est vrai que les lutins adorent la galanterie. Allez, au revoir, Monsieur la vedette.

— Je suis tellement vedette que ma tête ne passe pas dans la porte! D'ailleurs, faites attention de ne pas cogner la vôtre en sortant. Sait-on jamais, à force de côtoyer des célébrités, votre tête pourrait prendre de l'expansion.

— Non, nous, lutins, sommes beaucoup trop modestes pour ça.

— J'en suis plus que convaincu, cher ami. Allez, au revoir, Larin, et merci encore.

Sur ces derniers mots, Larin enlaça Monsieur Jacquot, puis s'en retourna, tout joyeux, le sourire fendu jusqu'aux oreilles.

Naémie

Quelques instants après le départ de Larin, une voix délicate retentit à l'intérieur de la maisonnette...

— Salut petit Jack!

Surpris, Monsieur Jacquot balaya la pièce des yeux, pas très sûr d'avoir entendu quelque chose, se disant une fois de plus : « Ça y est, je recommence à rêver. » La petite voix répliqua :

— Tu ne rêves pas, petit Jack. Regarde sur le canapé.

— Je ne vois rien.

— Tu n'es pas seulement dur d'oreille!

— Une fée!

— C'est ce qu'on dit de moi.

— Il y a très longtemps qu'on ne m'a pas appelé « petit Jack ». Qui es-tu?

— Tu ne te souviens pas de moi? dit-elle avec un air tristounet.

— Non! Ta voix m'est familière, ton visage aussi, mais tout cela est flou dans ma tête.

— Le flou est dans ton cœur, petit Jack.

— Pourquoi dis-tu ça, petite fée? Depuis que j'ai mis les pieds sur l'île de Coll, j'ai l'impression de naviguer entre deux mondes, celui des humains et celui de l'imaginaire. Avant, je devais fermer les yeux pour vous imaginer, tes amis et toi. Depuis que je suis sur cette île, je vous vois les yeux grands ouverts.

— C'est très simple, petit Jack. Avant, tu devais fermer les yeux au-dessus de ton nez et ouvrir ceux de ton cœur pour nous voir, tandis que sur l'île de Coll, tu te promènes à cœur ouvert.

— Comment t'appelles-tu?

— Je m'appelle Naémie.

— Je comprends maintenant.

— Qu'as-tu compris?

— La raison du sourire espiègle de Mister Charles ce matin après qu'il ait mentionné ton prénom. Pourquoi ta voix résonne-t-elle autant en moi?

— J'étais là à ta naissance, petit Jack. C'est moi qui avait reçu le mandat de veiller sur toi. Tes yeux brillaient tellement à l'époque. J'étais si heureuse d'avoir la chance de t'accompagner et de jouer avec toi. Malheureusement, comme beaucoup d'enfants, tu as fini par fermer la porte de l'imaginaire pour ne la rouvrir qu'à moitié une fois adulte.

— Tu dois comprendre qu'il est assez difficile de garder cette porte ouverte tout en restant sain d'esprit. Ce n'est pas toujours évident d'être très sensible.

— Cette sensibilité est un merveilleux outil lorsqu'elle est bien utilisée. Ce n'est que si elle est mal gérée qu'elle devient un défaut. Les choses ont tellement changé depuis l'époque du roi Aramos.

— Pourquoi a-t-il fallu que ça change, petite fée?

— Notre planète est une grande école, petit Jack. Certaines leçons s'avèrent plus difficiles à apprendre que d'autres. Il était écrit dans le livre d'Aéros que, tôt ou tard, les humains domineraient la surface de la Terre. Grand Prêtre Dragon le savait. Force est de constater que la leçon n'est pas terminée. Comme tu le sais, les minéraux, les végétaux et les animaux ont, chacun à leur tour, dominé. Eux ont appris! Les humains finiront bien par apprendre de leurs erreurs.

— Il faudrait trouver une façon d'accélérer le processus d'apprentissage de l'humanité.

— Si les humains pouvaient se rappeler que le monde idéal où tous vivent en harmonie et en équilibre a déjà existé, petit Jack, ce serait déjà un grand pas dans la bonne direction. Il n'en tient qu'à chacun d'ouvrir son cœur pour recréer ce monde. La surface de la Terre est devenue un désert d'illusions, et la meilleure façon de s'y retrouver consiste à voyager à l'intérieur de soi.

— J'ai fait ce voyage des milliers de fois, Naémie. J'ai même accompagné beaucoup de gens sur la route des cœurs!

— Pourquoi crois-tu avoir choisi la carrière de cardiologue?

— Je te vois venir avec ta question.

— J'attends la réponse.

— Mon père était médecin. J'étais fort en sciences au collège. C'était donc une voie facile à suivre.

— Pourquoi avoir choisi la spécialisation reliée au cœur?

— Avec le recul, je te dirais que c'est probablement parce que, d'aussi loin que je me souvienne, je me demandais pourquoi les gens autour de moi écoutaient si peu leur cœur. En devenant cardiologue, je me suis donné la chance d'étudier cet organe sous toutes ses coutures.

— Est-ce que cela t'a permis de mieux comprendre pourquoi les gens l'écoutaient si peu?

— Pas vraiment. J'ai toutefois remarqué que les problèmes cardiaques sont souvent le lot de gens qui consacrent peu de temps à l'amour. La course folle à l'acquisition de biens matériels en épuise plus d'un. Le seul bon côté des problèmes cardiaques, s'il en est un, est qu'ils jouent parfois un rôle de réveille-matin pour certaines personnes qui changent alors leurs priorités et même leur façon de voir la vie. Ma plus grande déception fut de constater qu'en plus de ne pas écouter leur cœur, bien des gens n'en prennent pas soin. J'ai fini par en avoir assez.

— C'est là que tu t'es mis à tourner en rond à la recherche d'une nouvelle mission de vie.

— Eh oui! J'ai tourné en rond jusqu'au jour où j'ai croisé une jeune enfant qui m'a conduit sur mon île. C'est à la suite de ce voyage que j'ai mis fin à ma carrière de cardiologue.

— Et tu es devenu un spécialiste de la route des cœurs!

— C'est ce qu'on dit.

— Regarde cette commode devant toi.

— J'ai l'impression de l'avoir déjà vue quelque part.

— C'est normal puisqu'il s'agit de la commode que tu as reçue en ton cœur à ta naissance. Son contenu représente tout le potentiel que tu portes en toi.

— Je sais tout ça, petite fée. Est-ce que tous les visiteurs de la maisonnette partagent la même commode?

— Bien sûr que non, petit Jack. Chacune est unique.

— Qu'est-ce que la mienne fait ici alors?

— Peut-être que l'heure est venue pour toi d'ouvrir un nouveau tiroir?

— Un nouveau tiroir, dis-tu, Naémie?

— Oui! À tes yeux, combien de tiroirs a cette commode?

— J'en vois huit… J'en ai toujours vu huit.

— Regarde sous le huitième.

— Je ne vois rien de particulier, sinon une grosse moulure dorée.

— Que cache-t-elle, cette moulure dorée?

— Attends, je vais voir de plus près.

— Tire doucement sur la moulure, petit Jack.

— Ce n'est pas vrai! Un autre tiroir!

— Ouvre-le.

— Il est rempli de boîtes!

— Chacune d'elles renferme des cadeaux, des dons et des talents que tu as reçus à ta naissance. Tu as pris soin d'en cacher quelques-uns de peur de te les faire voler ou que des gens puissent te blesser. L'idée que tu as eue de dissimuler le neuvième tiroir derrière une moulure était excellente. La preuve, tu en avais même oublié l'existence.

— Ouf! Moi qui croyais avoir fait le tour de ma commode le jour où j'en ai ouvert le huitième tiroir.

— Comme plusieurs, tu sous-estimes ton réel potentiel, petit Jack.

— Que vais-je trouver dans ces boîtes?

— De quoi as-tu peur?

— Je ne sais pas. C'est essoufflant tout ça. À peine a-t-on ouvert un tiroir qu'un autre se présente, et chaque fois on doit affronter l'inconnu.

— Voilà ton erreur. Ces cadeaux font partie de toi et n'ont rien d'inconnu. Commence par ouvrir la boîte dorée qui se trouve au fond du tiroir à droite.

— Pourquoi celle-là?

— Tu verras.

— Est-ce que tu en connais le contenu?

— J'ai toujours été près de toi, petit Jack. Disons qu'il y a de fortes chances pour que j'en connaisse le contenu!

— Tu as bien raison. Donne-moi un instant, que je l'ouvre… Elle contient une plume d'aigle! Sa pointe est en or! Regarde, il y a même un encrier! Je ne me souviens pas d'avoir déjà vu une aussi belle plume.

— Toute plume d'aigle doit se mériter, petit Jack.

— Si elle se trouvait dans ma commode, c'est que je l'avais déjà méritée, non?

— Malheureusement, en la cachant, tu ne lui as pas fait honneur. Tu dois donc la mériter de nouveau.

— Que dois-je faire, alors?

— Regarde, il y a une note à l'intérieur de la boîte.

— Un instant... Il est écrit : « Il est une histoire inachevée qui, plus que toute autre, dort depuis trop longtemps au fond de ton baluchon. Prends cette plume et termine l'histoire de Kaya dont les prémices t'ont été révélées par ton ami Larin, et cette plume d'aigle sera pour toi une source intarissable de semences d'imaginaire. »

— Qui a signé cette note, petit Jack?

— Ce n'est pas une signature, mais un sceau avec un dragon au centre.

— C'est le sceau de Grand Prêtre Dragon.

— Qu'est-ce que cela signifie?

— Ce sceau est un prélude à la remise d'un diplôme.

— Quel genre de diplôme?

— Celui de semeur d'imaginaire.

— Larin m'a dit ce matin que j'en étais un!

— Il a raison, mais l'heure est venue pour toi de monter en grade.

— Pourquoi voudrais-tu que je monte en grade?

— Pour que tu puisses écrire encore plus d'histoires et que tu les portes de par le monde entier.

— Il y a combien de grades en tout?

— Je ne peux pas te le dire, car si je te le disais, tu te concentrerais uniquement sur les grades que tu n'as pas encore obtenus plutôt que d'apprécier celui qui est tien. Par contre, tu peux tenir pour acquis que le niveau suprême dans la hiérarchie des semeurs d'étoiles est celui des Torémores.

— Euh… Je pense que je vais oublier le niveau suprême pour l'instant! Si je comprends bien, je dois d'abord terminer l'histoire de Kaya pour obtenir mon nouveau diplôme et mériter ma plume?

— Tu as tout compris, petit Jack.

— Pourquoi m'appelles-tu toujours « petit Jack »? J'ai grandi un peu quand même, depuis le temps!

— Pour moi, tu es toujours le même petit Jack aux yeux brillants, mais je peux bien t'appeler Jack si tu préfères.

— Pourquoi dois-je terminer l'histoire de Kaya plutôt qu'une autre? J'ai des dizaines d'histoires inachevées dans mon baluchon.

— C'est que Kaya représente l'espoir de ce monde meilleur que tous portent en leur cœur. Son histoire est un peu celle de tous les enfants, grands et petits, qui prennent un soin jaloux du monde de l'imaginaire et qui travaillent à ramener l'équilibre et l'harmonie sur terre. Larin t'en avait d'ailleurs glissé un mot ce matin. Secrètement, tu as toujours craint de terminer cette histoire de peur de voir ta vie se transformer.

— Pourquoi ma vie changerait-elle après avoir terminé cette histoire?

— Écris-la d'abord, tu verras ensuite.

— Comment Larin a-t-il pu m'en donner les prémices?

— Regarde à l'intérieur du neuvième tiroir, petit Jack, il y a un cahier dont le dos de la couverture porte ton nom. Toutes les histoires que Larin t'a racontées aujourd'hui y sont écrites. Elles font partie intégrante de l'histoire de Kaya.

— Ouf! C'est intimidant tout ça.

— Que dirais-tu de visiter ton île avant de commencer à écrire?

— Pourquoi veux-tu que j'aille sur mon île?

— Disons qu'il y a au moins un endroit ou deux qu'il te serait bon de visiter avant de plonger dans l'histoire de Kaya.

— Puis-je te demander pourquoi, chère Naémie?

— Pour purifier ton cœur.

— C'est la deuxième fois aujourd'hui qu'on me parle de l'importance de purifier son cœur.

— Savais-tu que le Semeur d'étoiles avait offert à tous les habitants de la Terre un merveilleux outil pour les aider à épurer leur cœur?

— De quoi s'agit-il?

— Du désert de Sahori.

— Je ne suis pas sûr de comprendre.

— Je t'expliquerai tout ça plus tard. Ferme les yeux, petit Jack, et prends ma main si cela peut te rassurer.

— D'accord, madame la petite fée.

— Qu'est-ce qui te fait sourire?

— Normalement, c'est moi qui offre aux gens de prendre ma main lorsque je les conduis sur la route des cœurs.

— Ça te fera changement. Mieux, cela te rappellera des souvenirs. Ferme les yeux maintenant et laisse-toi guider par les images.

— Aimerais-tu que je nous imagine une embarcation?

— C'est déjà fait. Regarde le beau bateau qui nous attend près du quai.

— Il a une drôle d'allure, ton bateau, avec sa coque argentée. On le dirait sorti tout droit d'un défilé du Père Noël.

— Tu n'as jamais si bien dit, petit Jack. D'ailleurs, ce n'est pas mon bateau, mais le tien. C'est celui que tu utilisais lorsque tu étais petit. Tu l'avais imaginé ainsi après avoir assisté à ton premier défilé du Père Noël. Tu t'étais inspiré d'un bateau perché sur un des chars allégoriques. Tu avais même installé de petites lanternes de chaque côté de ton embarcation, en te disant que ce serait bon pour attirer les fées.

— Est-ce que ça a fonctionné?

— Pas vraiment, c'était moi ta fée attitrée. Tu ne pouvais quand même pas avoir toutes les fées pour toi seul! Mes amies ont bien rigolé.

— À quoi servent ces deux bananes qui font figure de proue?

— Je ne sais pas si tu t'en souviens, mais tu rêvais déjà à un très jeune âge de visiter des pays exotiques.

En plaçant deux bananes à l'avant, tu croyais que celles-ci te guideraient vers les plus beaux pays du monde.

— J'avais beaucoup d'imagination!

— Tu en as toujours autant, crois-moi.

— Merci, Naémie, de ta présence.

— Tu n'as pas à me remercier, petit Jack. Je suis tellement heureuse que tu puisses enfin me voir avec tes yeux au-dessus du nez.

— J'ai l'impression de flotter sur un nuage et de ne plus avoir les deux pieds sur terre. Plus j'entre dans le monde de l'imaginaire, plus je me sens à des kilomètres de la société dans laquelle je vis.

— C'est que le monde des humains ne favorise pas toujours l'équilibre et l'harmonie, petit Jack. Les gens se sentent souvent bousculés par le rythme de vie qu'ils s'imposent. Quant au monde de l'imaginaire, il est tout aussi vrai que celui des humains. Les fées existent pour qui y croit; tu le sais bien. Vous êtes nombreux parmi les humains à y croire. Seulement, peu de gens le disent à voix haute de peur d'être mal jugés.

— Naémie, regarde les montagnes devant!... Elles sont toujours aussi belles.

— Pourtant, tu as tendance à les oublier. Que dirais-tu de faire un arrêt au pied de cette montagne sur ta droite?

— Ah non! Pas encore la « montagne des illusions »!

— Pourquoi pas?

— J'ai l'impression qu'elle se dresse toujours devant moi lorsque je viens sur la route des cœurs, comme si elle se déplaçait pour être certaine que je ne la manque pas.

— Tu sais bien, petit Jack, que lorsqu'on heurte encore et encore le même récif, c'est que la leçon n'est pas terminée. C'est pareil pour les montagnes.

— Il y a toujours autant de bateaux à quai.

— C'est qu'elle est très populaire cette montagne.

— Ne devions-nous pas nous rendre sur mon île?

— Nous irons après. De quoi as-tu peur?

— Je n'ai pas peur. Je suis seulement intrigué.

— Chaque jour, la vie nous offre des occasions d'aventures. Il faut apprendre à les saisir avec le même enthousiasme et le même émerveillement que l'enfant qui court derrière un papillon.

— Je vois qu'il n'y a pas que Larin qui philosophe.

— Est philosophe celui qui voit le beau côté des choses, petit Jack. Vois la belle montagne qui t'attend…

La montagne des illusions

Une fois le bateau arrivé à quai, Naémie regarda Monsieur Jacquot d'un air amusé…

— Bienvenue sur la montagne des illusions, petit Jack!

— Que font toutes ces personnes âgées sur les bas-côtés du sentier?

— Comme tous les visiteurs de l'île, elles s'efforcent tant bien que mal de se défaire de leurs illusions.

— Ça, je m'en doutais! Mais je n'en ai jamais vu autant d'un seul coup! On dirait un rassemblement.

— Ce n'est probablement qu'un hasard. Comme tu le sais, certaines personnes doivent s'y prendre à plusieurs reprises avant d'arriver au sommet. Pour ceux et celles qui s'arrêtent sur cette montagne au crépuscule de leur vie, elle représente tout un défi. Il y a aussi ceux qui ont atteint le sommet plus d'une fois, mais qui ont la fâcheuse habitude d'oublier leurs leçons; ce qui fait qu'ils doivent y revenir à l'occasion!

— Je ne sais pas pourquoi, mais je sens que tu viens de me lancer une petite flèche.

— Ce n'était pas une flèche, mais un chapeau. Vois comme il te va bien!

— Tu es très comique, toi! As-tu remarqué? Tout le monde a une petite fée pour l'accompagner.

— Comme Larin te l'a dit ce matin, petit Jack, nous travaillons tous très fort.

— À quoi servent ces horloges accrochées aux arbres? Elles indiquent toutes la même heure.

— Elles sont là pour rappeler aux gens qu'il n'y a que l'instant présent qui compte vraiment. Le temps est à l'origine d'une des plus grandes illusions. Certains le considèrent même comme la plus grande des supercheries.

— Pourquoi donc?

— Parce que l'illusion du temps, petit Jack, prend racine dans le passé et le futur, alors que tous les deux n'existent pas à l'instant présent. Les gens se font donc du souci pour des choses qui n'existent plus ou qui ne se sont pas encore produites. Cette illusion tombe lorsqu'on comprend que l'instant présent est ce qu'il y a de plus précieux. En faire bon usage représente la meilleure façon de remercier la vie pour le cadeau qu'elle nous fait de cet instant.

— Manifestement, la mémoire est une faculté qui oublie. Je dois avouer que je cours souvent pour tout et pour rien. Je ne compte plus les fois où je me suis trompé de route en voulant arriver le plus tôt possible à destination.

— Chaque fois que tu te concentres uniquement sur la destination, tu oublies d'apprécier les étapes t'y conduisant et, surtout, les nombreux petits bonheurs que chacune d'elles t'offre. N'est-ce pas toi qui as écrit un jour : « Il y a plus important que le rêve, il y a le chemin qui nous y conduit… »?

— Oui, mais entre ce que j'écris et ce que je fais, il y a parfois de petites différences.

— Petites!

— Tu es dure avec moi, Naémie.

— Je suis comme Larin, j'aime bien te taquiner.

— Dis-moi, pourquoi cette dame pleure-t-elle?

— Parce qu'elle vient de prendre conscience qu'elle a perdu un temps fou dans sa vie, bercée qu'elle était par l'illusion du pouvoir.

— Le pouvoir peut être utile, parfois.

— Oui, petit Jack, mais tout dépend de nos intentions. Les siennes étaient nobles au début de sa carrière, mais le pouvoir a rapidement séduit son ego. Guidée par son orgueil, elle a remisé ses bonnes intentions au placard pour dévier de son chemin de vie. Ne t'en fais pas pour cette dame. Elle va se pardonner; ce n'est qu'une question de temps. Elle peut réaliser beaucoup de belles choses encore.

— Regarde, Naémie, le jeune homme assis sous l'arbre. C'est bizarre, on dirait que les feuilles ont été remplacées par des billets de banque. Moi qui croyais que l'argent ne poussait pas dans les arbres!

— L'argent est une autre grande illusion, petit Jack. Ce jeune homme a hérité d'une importante somme d'argent que son père avait pris soin d'accumuler toute sa vie durant. Ce n'est qu'à quelques heures de son dernier souffle qu'il se rendit compte de tout le bien qu'il aurait pu faire avec sa fortune. Il a donc demandé à son fils de le faire pour lui.

— Pourquoi est-il triste, alors?

— Parce qu'il aurait aimé accomplir tout cela avec son père et partager ainsi de nombreux moments magiques avec lui. En route vers le sommet, il en a tantôt voulu au temps, tantôt au pouvoir puis à l'argent qui avaient, tous trois, contribué à détourner son père de la voie du partage.

— J'ai l'impression que nos illusions nous éloignent constamment de nos bonnes intentions.

— Ce n'est pas seulement une impression, petit Jack, mais une vérité. Viens, on approche du sommet.

— Il y a trois arbres géants! On dirait deux grands-pères et une grand-mère qui veillent au sommet. Ils ressemblent à s'y méprendre à mes amis du Cap au Rocher en Italie[7].

— C'est parce que dans l'imaginaire, même les arbres voyagent, petit Jack. Que dirais-tu si nous faisions une pause?

— Avec plaisir. Comme tu le sais, sans doute, j'ai toujours adoré m'asseoir sous un arbre.

— Les arbres sont d'excellents professeurs pour qui leur prête une oreille attentive.

๑๑๑

---

7. Voir du même auteur et chez le même éditeur *Le Voyage*, 2010.

Monsieur Jacquot appuya son dos et sa tête contre chacun des trois arbres, l'un après l'autre, pour écouter ce qu'ils avaient à lui raconter. Le premier lui dit :

— Revoilà Monsieur Jacquot au sommet de la montagne des illusions. Quel bon vent vous amène, cher ami?

— Un vent aux allures d'une petite fée prénommée Naémie.

— Je le sais bien que vous êtes venu avec elle, mais pourquoi êtes-vous de retour ici?

— Probablement parce que je traîne encore quelques illusions dans mon baluchon!

— Savez-vous lesquelles?

— Le temps, sans doute, parce que je suis souvent trop pressé. Je voudrais que tout se fasse rapidement. J'aimerais arriver à destination avant même d'être parti. Je ne vis pas assez dans l'instant présent. J'en oublie d'apprécier les petits cadeaux que la vie me fait à chaque seconde qui passe.

— Vous devez admettre qu'il est plutôt difficile d'arriver à destination avant même d'être parti. Mais pourquoi cette impatience?

— Pour en faire le plus possible et pour ne rien manquer.

— Si la hâte vous fait manquer l'instant présent, alors que l'instant passé n'existe plus et que l'instant futur n'existe pas encore, n'avez-vous pas idée de tout ce que cette hâte vous fait manquer?

— Je sais bien, mais j'ai tendance à l'oublier.

— Vous connaissez sûrement la fable du lièvre et de la tortue de Jean de la Fontaine?

— Bien sûr.

— Qui remporte la course, Monsieur Jacquot?

— La tortue.

— Cessez de courir comme le lièvre.

— C'est drôle que vous me parliez de cette fable parce qu'il n'y a pas si longtemps, j'ai croisé une tortue sur le bord d'un lac. Elle était là, à se faire dorer la carapace, les lunettes de soleil sur le museau. Elle n'avait vraiment pas l'air stressée.

— Elle vous invitait sûrement à suivre son rythme.

— Est-ce que je pourrais être un lièvre dans une carapace de tortue?

— Je suis convaincu que vous avez déjà tenté l'expérience, mais voyez le résultat. Vous voilà de retour sur la montagne des illusions.

⟨୨⟨

Une fois Monsieur Jacquot assis sous le second arbre, celui-ci lui demanda :

— Que fais-tu encore ici, Jack? À ton âge, tu n'as donc pas appris? Pourquoi crains-tu toujours de manquer d'argent? Tu sais bien que si la terre nourrit les oiseaux et leur fournit un endroit où se loger, elle fera de même pour toi.

— Je sais, mais vu d'en bas, ce n'est pas toujours aussi simple que vu d'en haut.

— Si la perspective du bas t'empêche de voir les possibilités du haut, c'est là le signe que tu dois élever tes pensées! Que dirais-tu de te souhaiter l'abondance? Tu recevrais ainsi bien plus que de l'argent.

— Je dirais que ce serait bien!

— Accorde ton cœur au diapason du vent, Jack. C'est lui qui t'apportera l'abondance. Tu pourrais même être surpris de la distance qu'elle aura parcourue avant d'arriver en ta demeure.

— Pourquoi dis-tu cela, vieil arbre?

— Tu verras. Laisse-toi bercer par le vent.

ⓒⓈⓒ

Monsieur Jacquot posa ensuite son postérieur sous le troisième arbre. Une voix féminine lui souffla à l'oreille :

— Petit Jack, écoute le troubadour en toi. Il te conduira là où le vent prend racine, là où la mer prend sa source, là où la terre se nourrit et là où le feu touche au soleil levant. Lorsque tu n'es plus sûr de la voie à suivre, observe ton guide dans le ciel.

— Quel guide?

— Regarde l'aigle, là-haut, qui danse avec le vent.

— Je ne vois rien.

— C'est qu'il vole très haut.

Un cri se fit entendre dans le ciel…

— As-tu entendu son cri? Maintenant, je le vois.

— L'aigle vient de te saluer, petit Jack. Savais-tu que c'est lui qui t'a offert la plume que tu as trouvée dans le neuvième tiroir de ta commode?

— Pas du tout.

— Il a toujours été là-haut, prêt à guider tes pas.

— Pourquoi n'ai-je jamais senti sa présence avant aujourd'hui?

— Parce que tu avais remisé sa plume dans un tiroir. Utiliser cette plume équivaut à accepter l'aigle comme guide. Sache qu'il sera très exigeant. Au moindre faux pas, il plongera du ciel pour te remettre sur le droit chemin. Sais-tu vraiment pourquoi tu es de retour ici?

— Après les illusions du temps et de l'argent, j'imagine que je dois me défaire de celle du pouvoir. Mais, honnêtement, je ne sais pas pourquoi puisque, bien que le pouvoir puisse être utile parfois, je n'ai jamais rêvé de devenir un homme de pouvoir.

— Une plume d'aigle confère un grand pouvoir à celui qui la possède.

— Je veux bien, mais là encore, je n'ai jamais rêvé de posséder une telle plume.

— Pourquoi as-tu choisi de la cacher, petit Jack?

— Je ne sais pas.

— Ce serait bon que tu le saches, puisque voilà la principale raison de ton retour sur cette montagne.

— Désolé, mais je n'en ai vraiment aucune idée.

— Si je te dis qu'une plume d'aigle ne saurait mentir.

— Cela signifie qu'elle ne dit que la vérité!

— Que crains-tu quant au fait d'écrire des vérités?

— Je ne sais pas. On nous enseigne assez tôt que toute vérité n'est pas bonne à dire.

— C'est plutôt qu'il y a de bonnes et de mauvaises façons de présenter les vérités. Réfléchis encore.

— Il y a sûrement un lien entre vérité et pouvoir.

— Pousse ta réflexion un peu plus loin.

— Dans le monde où je vis, il n'est pas toujours bon de crier les vérités à tout vent. Cela peut provoquer des conflits avec des gens de pouvoir.

— Pourquoi crier les vérités, petit Jack?

— Pour dénoncer les injustices, le manque d'intégrité des uns et des autres, de même que le mal que nous faisons à la planète.

— Dans ton cas, petit Jack, il n'est nul besoin de crier! Sois juste et écris l'injustice. Le vent portera tes mots à bon port. Tout le monde ne demande qu'à être éclairé. Ceux qui exercent le pouvoir ne font pas exception.

ⓈⓈⓈ

Reconnaissant, Monsieur Jacquot remercia ses trois amis en posant son front contre le tronc de chacun. Il entreprit ensuite la descente de la montagne, Naémie juchée sur son épaule. À mi-parcours, en regardant du coin de l'œil le sommet derrière, Monsieur Jacquot dit à son amie :

— Certaines illusions sont drôlement tenaces!

— La puissance de nos illusions, petit Jack, n'a d'égal que la force de nos peurs qui bien souvent les génèrent. Il suffit de mettre le doigt sur la source qui nourrit nos peurs pour identifier la plupart de nos illusions. Une fois coupées de leur source, celles-ci s'éliminent assez facilement. Certaines illusions ont toutefois un grand pouvoir de séduction, ce qui ajoute à la difficulté de s'en défaire.

— Que veux-tu dire?

— Rappelle-toi la guerre des Ackmores. Plusieurs chevaliers du roi Atimore ont été séduits par l'argent et le pouvoir. Si aujourd'hui la séduction est souvent associée au charme et au jeu, autrefois, elle se définissait davantage par l'action de corrompre et de détourner quelqu'un du droit chemin; d'où l'expression : « Le pouvoir corrompt. » Il est donc important de rester vigilant pour éviter de se laisser séduire par nos illusions.

— Je suis bien d'accord, Naémie. Hé! as-tu remarqué cet amoncellement d'armures à droite?

— L'impossibilité d'écouter son cœur en société est une autre des grandes illusions, petit Jack. Trop d'humains portent une armure pour se protéger en croyant à tort qu'il est impossible d'écouter son cœur sans subir de blessures.

— Et comme pour les Ackmores, leur armure se transforme en prison!

— Eh oui! Par contre, plus il y aura de gens qui se tiendront debout et qui ouvriront leur cœur plutôt que de le cacher, plus il sera facile pour tous de respirer librement. Ce tas de ferraille qui ne cesse de grandir confirme que de plus en plus de gens se débarrassent de leur armure.

— J'avoue que c'est encourageant.

— La tienne doit sûrement se trouver par ici, petit Jack. Laisse-moi voir…

— Je t'en prie, je ne tiens vraiment pas à la retrouver.

— Je disais ça pour rire!

— Il m'a fallu tellement d'années pour m'en défaire que je préfère m'en tenir loin.

Quelques instants plus tard…

— Referme les yeux maintenant, petit Jack. Tes deux bananes à l'avant de ton bateau sauront nous conduire sur ton île en moins de deux.

— Je me souviens que tu as toujours trouvé le moyen de me faire sourire, même dans les moments difficiles.

— C'est normal, je suis une fée! Allez, ferme les yeux. Prochaine étape, l'île Jacquot…

L'île Jacquot

Après un périple à voguer au milieu de montagnes et d'îles toutes plus belles les unes que les autres, le petit bateau argenté accosta sur les rives de l'île Jacquot.

— Tu sais, Naémie, bien que je sois venu ici des milliers de fois, j'y fais toujours de nouvelles découvertes.

— Ton île renferme bien des secrets, petit Jack, et surtout de bien beaux trésors. Suis-moi, je vais te conduire à un endroit que tu as délaissé depuis trop longtemps.

— Où ça?

— Tu verras. Ne crains rien. Allez, suis-moi!

Quelques minutes plus tard…

— Pourquoi m'as-tu conduit jusqu'à ce carré de sable, petite fée?

— Ce n'est pas un carré de sable ordinaire. Tu adorais y jouer autrefois. Assieds-toi au centre.

— Pourquoi veux-tu que je m'assoie au centre de ce carré de sable?

— Allez, petit Jack, cesse de poser des questions.

— C'est normal pour un curieux de poser des questions.

— Petit Jack!

— Bon, ça va… Nous y voilà.

— Et puis?

— Puis quoi?

— Comment te sens-tu?

— Un peu ridicule.

— Lève les yeux au ciel.

— Ça y est. Je rêve encore. Voilà que je vois deux soleils.

— Larin te l'a pourtant dit ce matin que le Semeur d'étoiles avait créé un deuxième soleil dans le ciel.

— Comment se fait-il que je ne l'aie pas aperçu avant aujourd'hui?

— Tu le voyais lorsque tu étais enfant et que tu jouais dans ton carré de sable. Tout cela était normal pour toi. Tu l'as simplement oublié. Ce qui, en apparence, n'est qu'un simple carré de sable est en réalité un minuscule désert de Sahori. Les enfants y jouent gaiement alors que trop d'adultes passent à côté sans y prêter attention. C'est pour donner un coup de pouce à ceux qui désirent purifier leur cœur que le Semeur d'étoiles leur a fait cadeau de ce minidésert. Pour réaliser son exploit, il a mis la main sur du sable identique à celui que l'on retrouve au sein du vrai désert de Sahori et en a saupoudré la Terre. Ceux qui prennent le temps de s'asseoir dans leur carré de sable peuvent donc voir le deuxième soleil dans le ciel. À l'époque d'Aramos, ces minidéserts n'existaient pas, et bien que tous sentaient la présence du second soleil, seules les créatures de l'imaginaire pouvaient le voir.

— Quel est le risque?

— Pourquoi voudrais-tu qu'il y ait un risque?

— Si c'est le même genre de sable que celui du désert de Sahori, ça me semble un peu risqué d'y perdre la vie ou de voir mon cœur se consumer comme ce fut le cas pour Ackmore.

— Mais non, petit Jack. Ces carrés de Sahori sont des purificateurs d'intentions. Ils ne font de mal à personne, bien au contraire.

Tout à coup, un cri se fit entendre dans le ciel.

— Regarde, Naémie, mon aigle là-haut.

Après avoir lancé un second cri encore plus puissant que le premier, l'aigle laissa tomber un parchemin qui atterrit délicatement dans les mains de Monsieur Jacquot.

— J'ai l'impression que ton ami vient de te livrer un message important, petit Jack.

— D'habitude, c'est le hibou qui joue au postier.

— Quel est le message?

— Attends un instant que je déroule le parchemin. Il est écrit : « Ferme les yeux, Jack. Laisse pénétrer les rayons du deuxième soleil dans ton cœur. Sens le lien qui t'unit à lui. Refile-moi tes mauvaises intentions et je les lui porterai pour qu'il les purifie à la manière du feu violet des dragons. »

— Le temps est donc venu pour toi de passer en revue le film de ta vie et de purifier ton cœur.

— Dois-je revisiter toute ma vie?

— C'est à toi de décider, petit Jack. Tu peux y aller par étapes.

— Si cela a pris plusieurs jours à Atimore pour purifier son cœur, je risque de devoir y passer plusieurs semaines!

— Pourquoi? Traînes-tu beaucoup de mauvaises intentions dans ton cœur?

— Je ne te le dis pas.

— Est-ce un secret?

— Oui! De toute façon, je ne les ai pas comptées, et même si je l'avais fait, je ne te dirais rien. Ça fait partie de mon jardin secret!

— Tu as toujours le même « petit caractère ».

— Ça fait partie de mon charme.

— Est-ce qu'on t'a déjà dit que tu étais parfois un peu trop charmant?

— Je te ferai remarquer, Naémie, que les fées aussi ont un « petit caractère ».

☙❧

Se rappelant la visite d'Ackmore et d'Atimore dans le désert de Sahori, Monsieur Jacquot prit la posture yogique du lotus et revisita un segment de sa vie. Du haut du ciel, l'aigle piqua en direction de ses mauvaises intentions pour les capturer et les refiler au deuxième soleil, qui eut tôt fait de les purifier.

Pendant plus de deux heures, Monsieur Jacquot resta immobile dans son carré de sable. À quelques reprises, des larmes glissèrent sur ses joues. Elles étaient suivies de sourires sereins. Son cristal au cœur retrouva une partie de son éclat d'antan. Une fois son travail terminé, Naémie lui dit :

— Il y a longtemps que je ne t'ai vu avec des yeux aussi brillants, petit Jack.

— Je ne me souviens pas de la dernière fois où je me suis senti le cœur aussi léger.

— Imagine combien léger il sera une fois que tu auras revisité toutes les parties de ta vie!

— Quand je repense aux gens que j'ai conduits sur leur île, je trouve dommage de ne pas leur avoir présenté leur carré de sable.

— Ne sois pas déçu. Tu sais bien que tu ne peux fouler de tes pieds l'île des personnes que tu accompagnes. Cela ne fait pas partie de ton rôle. C'est à elles d'en faire le tour.

— Ça leur prendrait une fée, comme toi.

— Elles ont pourtant toutes une fée ou un lutin. Seulement, plusieurs leur font la sourde oreille.

— Il faudrait leur savonner les oreilles.

— Justement, petit Jack, as-tu déjà pensé à utiliser du savon à pardon en te douchant?

— Du savon à quoi?

— À pardon!

— Pourquoi voudrais-tu que j'utilise du savon à pardon?

— Pour te pardonner tes mauvaises intentions et tes pensées négatives qui se pointent au quotidien. Imagine! Si tout le monde visitait régulièrement son carré de sable tout en se lavant avec du savon à pardon, ce serait merveilleux. Tous auraient le cœur plus léger et on aurait droit à des sourires en partage partout sur la terre.

— Peut-être est-ce la peur de s'asseoir dans ce minidésert de Sahori qui explique que tant de gens craignent de voyager sur la route des cœurs et de visiter leur île intérieure?

— Pourtant, les déserts et les carrés de sable sont de merveilleux endroits pour se recueillir et méditer.

— Je ne savais pas que les fées méditaient!

— Il y a bien des choses que tu ignores de notre monde, petit Jack. Suis-moi maintenant. J'ai un autre endroit à te montrer.

— Encore!

— Eh oui!

— Où allons-nous comme ça?

— Côté sud.

— Derrière mon île?

— Oui, côté sud.

Un peu plus loin…

— D'où sort ce navire?

— C'est celui que tu utilisais pour aller en haute mer lorsque tu étais enfant, petit Jack.

— Sa coque est toute rouillée.

— C'est qu'il y a longtemps que tu l'as abandonné! Enfant, tu adorais partir à l'aventure. Chaque découverte te comblait de joie.

— C'est étrange, Naémie, parce que j'ai toujours eu l'intuition qu'un navire se cachait derrière mon île. Je ne sais pas pourquoi, mais je n'ai jamais ressenti le besoin d'aller vérifier. Tout un travail m'attend avant que je puisse le remettre à l'eau.

— Je peux te donner un coup de pouce si tu le souhaites.

— Comment?

— J'ai une baguette magique. L'aurais-tu oublié?

— D'habitude, tu t'en sers pour me piquer le bout du nez ou les oreilles!

— Veux-tu que je t'aide ou pas?

— Je veux bien.

C'est alors que, d'un seul coup de baguette magique, le navire de Monsieur Jacquot devint aussi brillant qu'un neuf.

— Dis donc, Naémie, tu n'aurais pas une baguette magique en réserve que tu pourrais me prêter?

— Les baguettes magiques sont pour les fées et les magiciens, petit Jack. Dans ton cas, il faudra te contenter de ta plume d'aigle.

— Je te prie d'excuser ma curiosité, mais pourquoi tenais-tu à me montrer mon navire?

— Peut-être parce que le temps est venu pour toi de porter tes histoires au-delà des mers?

— Pourquoi ai-je besoin d'un si gros navire?

— Tu sais bien qu'il faut un bateau des plus vigoureux pour affronter les grosses vagues des mers et des océans.

— Est-ce qu'un avion ne pourrait pas faire l'affaire?

— Tu as toujours une question dans ton sac, toi. Il est tout de même étonnant que tu oublies que les réponses s'y trouvent également!

— Ça va. Je me tais.

— Impossible!

— On dirait une conspiration.

— Ça en est peut-être une!

— Je te ferai remarquer que la curiosité bien placée est une source d'apprentissage. On dit même qu'elle est un signe d'intelligence!

— Tu es sûrement très savant, petit Jack!

— Loin d'être un savant, depuis le début de la journée, je me sens comme un enfant qui a encore tout à apprendre.

— Tu es plutôt un adulte qui doit réapprendre des choses qui t'étaient acquises alors que tu étais enfant! Maintenant, nous devons retourner à la maisonnette. Tu as une histoire à écrire.

— J'avais presque oublié.

— Pas moi. Il y a si longtemps que j'attends ce moment.

— Je ne veux pas de pression, petite fée. N'oublie pas l'illusion du temps. Tout vient à point à qui sait attendre.

— Tu as raison, petit Jack!

ᎶᎡᎶ

De retour à l'intérieur de la maisonnette, Naémie se posa sur la table en prenant l'air sévère d'une professeure qui demande à son élève d'accomplir un devoir sur-le-champ.

— Allez petit Jack. Raconte-moi l'histoire de Kaya.

— Il te faudra d'abord fermer les yeux.

— Promis.

— Euh… Par où dois-je commencer?

— Par le commencement!

— Je le sais bien, petite fée brillante, sauf que le commencement est différent de ce que je croyais.

— Pourquoi dis-tu cela?

— Je croyais débuter en racontant la naissance de Kaya, mais selon ce que je lis dans le cahier, c'est plutôt l'histoire de la princesse Sandrine que je dois écrire. Est-ce que tu la connais?

— Non.

— Aimerais-tu que je te la raconte?

— Petit Jack!

— Il s'agit d'une histoire que j'avais en tête depuis plusieurs années. C'est drôle parce que jamais je n'aurais pensé qu'elle était reliée à celle de Kaya. Laisse-moi le temps de prendre ma plume... Nous y voilà...

Sandrine

Il était une fois une jeune enfant prénommée Sandrine. À sa naissance, ses pieds avaient déjà atteint la taille de ceux d'un adulte. On aurait dit un bébé avec des pieds de géant. Un faucon pèlerin, devin à ses heures, rassura ses parents sur l'avenir de leur fillette. Il leur dit : « Votre enfant porte en elle la pureté de cœur des lutins; la taille de ses pieds en témoigne. Un jour viendra où elle sera la plus convoitée des princesses. »

Habile forgeron d'un village situé à plus de mille lieues du royaume d'Aramos, son père se demanda comment lui et sa femme avaient bien pu s'y prendre pour forger une enfant avec de si grands pieds. Il pressentait que sa fille avait reçu un don du ciel, mais pourquoi fallait-il qu'elle ait des pieds aussi grands? « Jamais un chevalier ne voudra marier une femme chaussant des bottes plus grandes que les siennes! » pensa-t-il. La mère de Sandrine, institutrice de l'endroit, eut tout un choc lorsque le médecin lui mit son enfant dans les bras après l'accouchement : les pieds de son bébé étaient plus grands que les siens! Heureusement, le sourire de Sandrine et ses yeux pétillants lui firent vite oublier sa différence. Pour Larin, le lutin désigné par Grand Prêtre Dragon pour veiller sur l'enfant, la réaction fut tout autre. Lorsqu'il s'approcha du berceau pour offrir à Sandrine une belle grosse pomme reluisante à souhait, ses yeux devinrent tout grands et tout ronds à la vue des deux pics de montagne formés par les pieds de l'enfant sous la couverture. Jamais il n'avait vu un si beau bébé. Dans un élan d'enthousiasme, il embrassa Sandrine sur la joue en clamant tout haut : « Elle sera la plus belle des princesses! » Je crois savoir, Naémie, que les lutins adorent les grands pieds.

— Ils aiment aussi les grands nez, petit Jack.

— Le nez de Sandrine était petit et plutôt mignon. Toujours est-il que d'entrée de jeu le gentil lutin demanda au nouveau papa s'il pourrait un jour unir sa destinée à celle de sa fille. Monsieur le forgeron lui répondit d'un ton rieur :

« Larin, tu sais bien que les créatures de l'imaginaire ne peuvent pas épouser des humains! »

« Oui, mais Sandrine a les pieds et le cœur d'un lutin », répliqua Larin.

« Elle n'est qu'un bébé. Laisse-lui le temps de grandir un peu. Lorsqu'elle sera adulte, ce sera à elle de choisir son prince charmant. »

Une larme s'apprêtait à glisser sur le nez de Larin lorsque Sandrine allongea le bras vers lui et la récupéra du bout de son index. Les jambes du gentil lutin devinrent toutes molles. Le cœur en guimauve, il poussa un profond soupir d'amoureux.

☙❧☙

Pour Sandrine, la vie ne fut pas toujours facile. En raison de sa sensibilité presque aussi grande que celle des lutins, elle possédait la faculté naturelle d'entendre les pensées des gens. Ce don peut certes représenter un avantage, mais pour une enfant victime des sarcasmes et de la méchanceté des autres, il constitue tout un défi. Même lorsqu'elle était bébé, plusieurs se moquaient en silence de ses grands pieds. Ils s'étonnaient ensuite de la réaction de Sandrine qui détournait la tête pour éviter leur regard et l'onde de choc négative de leurs pensées. Au moment de son entrée à l'école, ce fut encore pire. Une moquerie n'attendait pas l'autre. Sandrine aurait tant aimé se faire des amis parmi les autres enfants. Ceux qui auraient voulu se lier d'amitié avec elle hésitaient à l'approcher de peur qu'on se moque d'eux également.

Prisonnière d'un corps qui ne grandissait pas assez vite, Sandrine rêvait d'habiter au royaume d'Aramos, là où la pureté de cœur représente la plus recherchée des qualités. Larin lui en avait parlé plus d'une fois, vantant le bonheur et la joie d'un monde où tous écoutent leur cœur. Un jour, après avoir subi tout un lot de sarcasmes à l'école, Sandrine implora son père de déménager au royaume d'Aramos. Il lui fit remarquer que ses pieds, bien que trop grands pour son âge, n'avaient pas grandi d'un centimètre depuis sa naissance et que, puisqu'elle continuait à grandir, tout finirait par rentrer dans l'ordre. Sandrine répliqua :

« Père, ce n'est pas une question de pieds, mais de cœur. Ici, personne n'écoute son cœur. Vous le savez aussi bien que moi! »

☺☺☺

Son papa avait vu juste, car à l'adolescence, les pieds de sa fille étaient enfin proportionnés à sa taille. Cependant, tout n'était pas rose pour autant. À mots couverts, certaines compagnes de classe de Sandrine lui reprochaient sa sensibilité de lutin et le fait qu'elle était souvent la préférée des professeurs. D'autres, jalouses, la narguaient parce qu'elles la trouvaient trop jolie. Petite et frêle, Sandrine se faisait même bousculer parfois. Les garçons, quoique attirés par sa beauté, fuyaient son regard, de peur qu'elle puisse lire dans leurs yeux.

Sandrine ne comprenait pas ce qui poussait les gens à être méchants ni pourquoi personne de son groupe d'âge, ou presque, ne l'aimait. Pourtant, les jeunes enfants l'adoraient, tout comme les personnes âgées. Son père lui disait toujours : « Tu dois te faire une carapace et t'endurcir, ma fille. » Chaque fois qu'elle entendait cette phrase, elle répliquait sans se faire attendre : « Je ne suis pas une tortue pour me trimbaler avec une carapace sur le dos! »

Un soir, alors qu'elle regardait les étoiles, accoudée à la fenêtre de sa chambre, elle se surprit à souhaiter devenir moins sensible pour être comme les autres et avoir des amis. Son ami Larin vint alors à sa rencontre et lui dit : « Sandrine, ne remets pas en question tes qualités de cœur pour des gens qui n'écoutent pas le leur. Le truc, avec la sensibilité, ce n'est pas tant d'en réduire l'intensité que d'apprendre à bien la gérer. »

Le lendemain de cette conversation avec Larin, alors qu'elle était assise en retrait des autres élèves dans la cour de récréation, un de ses professeurs vint à sa rencontre et lui dit : « Sandrine, chaque personne est unique et, en ce sens, il est vrai de dire que tout le monde est différent. Toutefois, lorsque ta différence sert de prétexte aux autres pour te tenir à l'écart, il arrive que la vie n'ait plus de sens. C'est d'autant plus vrai lorsque cette différence est fonction d'un niveau de conscience et de sensibilité plus élevé que la moyenne. Sache que chaque épreuve de la vie représente une source d'enseignements, un défi à relever et surtout une occasion de grandir. » Les yeux dans l'eau, Sandrine lui répondit : « Mais toi aussi, tu es différent! » « Oui... », répliqua tout bas le professeur, comme s'il venait de lui dévoiler un secret.

☙❧☙

Un jour, alors qu'elle était couchée au milieu d'un champ à observer le ciel, Sandrine aperçut un dragon foncer tête première dans les nuages, comme s'il jouait avec eux. Surprise! Ce joyeux luron des airs vint se poser près d'elle. De sa bouche géante, il lui lança un sourire charmeur et dit :

« Permettez-moi de me présenter, princesse Sandrine : je me nomme David. »

« Je ne suis pas une princesse, dragon. Je suis fille de forgeron. Tu fais erreur sur la personne », répondit-elle.

« On reconnaît une princesse à la pureté de son cœur, non au métier ou au rôle de son père. »

« D'où viens-tu? »

« J'arrive tout droit du royaume des cœurs. »

« Du royaume d'Aramos? »

« Oui, Princesse. Que diriez-vous de monter sur mon dos pour visiter ce royaume dont vous avez toujours rêvé? »

« Visiter le royaume d'Aramos? »

« Je peux vous y conduire sur les ailes du vent! »

« Pourquoi Aramos n'est-il jamais venu jusqu'ici pour éveiller le cœur des gens? »

« Parce que cela demande du temps et de la patience, princesse Sandrine. Aramos et ses cardinaux travaillent sans relâche, mais notre planète est vraiment très grande. Grimpez sur mon dos. Je vais vous conduire au sommet du mont Chiara. De là, vous pourrez admirer toute la splendeur du royaume des cœurs. »

« Je croyais que ce mont n'était qu'une légende. »

« Loin d'être une légende, le mont Chiara est un de mes endroits favoris pour me reposer et méditer. »

« Promets-moi de ne pas aller trop vite, David. Il y a longtemps que je n'ai pas volé sur le dos d'un dragon. »

« C'est promis, Princesse. »

Tous deux s'envolèrent dans le ciel en propageant des sourires aux quatre vents. Une fois au sommet du mont Chiara, Sandrine vit l'ensemble du royaume des cœurs. Jamais elle ne l'avait imaginé aussi vaste.

« Que c'est beau ici! dit-elle. J'ai l'impression de pouvoir embrasser le ciel et de toucher à l'ensemble du royaume d'Aramos. »

« Justement, j'ai quelqu'un à vous présenter. »

« Qui donc? »

C'est alors qu'un homme vêtu d'une grande robe blanche sortit de la caverne dont l'entrée était dissimulée derrière un énorme rocher.

« Princesse Sandrine, permettez-moi de vous présenter le roi Aramos. »

« Vraiment? »

Sandrine fit la révérence en signe de respect.

« Relève-toi, mon enfant, dit Aramos. Tu n'as pas à t'incliner de cette façon devant moi. Je ne suis qu'un roi, après tout. »

« Vous êtes le plus grand des rois de la Terre! »

« Il ne faut pas croire tout ce qu'on raconte à mon sujet, jeune fille. Depuis ta naissance, je reçois des nouvelles à ton sujet. »

« Comment cela? »

« Ce n'est pas tous les jours qu'un humain vient au monde avec la pureté de cœur et la sensibilité d'un lutin. »

« Vous parlez de mes grands pieds. »

« Selon ce que je vois, Sandrine, ils sont très jolis tes pieds! »

« Vous connaissez donc mon histoire. »

« Nous avons un ami commun. »

« Larin? »

« Oui. »

« Je comprends maintenant pourquoi il n'arrête pas de me parler de votre royaume. »

« Tu possèdes en toi le plus précieux des cadeaux : un soleil qui brille autant que les étoiles dans le ciel. Dis à ton père que j'ai besoin d'un forgeron et à ta mère que nous manquons d'institutrices en mon royaume. Sache qu'il n'est nulle voie plus noble que celle du cœur. Un jour viendra, petite princesse au cœur d'or, où tu enfanteras un enfant-roi. Telle est ta mission. »

Aramos imposa les mains sur la tête de Sandrine, qui s'en trouva émue aux larmes. Il dit ensuite :

« Prends ce parchemin. Remets-le à ton père. Il comprendra. »

David, le gentil dragon, avait observé la scène discrètement. Il était on ne peut plus fier d'avoir favorisé cette rencontre. Une fois l'entretien terminé, il ramena Sandrine chez elle. Comme il se faisait un peu tard, celle-ci lui donna la permission de mettre toute la gomme. C'est donc cheveux et crinière au vent qu'ils s'en retournèrent.

◎◎◎

Sandrine n'avait pas encore mis les pieds dans la maison que son père la sermonnait déjà au sujet de son escapade de plusieurs heures. Lorsqu'elle lui présenta le parchemin signé de la main du roi Aramos, il fit la grosse tête et le lança dans la cheminée en disant :

« On n'a pas idée de voler sur les ailes d'un dragon à ton âge. »

« Père, j'ai quinze ans. Vous m'avez enseigné à monter un dragon dès l'âge de cinq ans. »

« Que tu en aies quinze ou soixante, cela n'a pas d'importance. Je suis ton père. Tu n'as pas à partir au loin sans avertir tes parents. »

« Les dragons sont tous gentils. Vous-même l'avez toujours affirmé. David m'a conduit au sommet du mont Chiara et j'y ai rencontré le roi Aramos. »

« Je ne te crois pas. »

« Père, je ne vous ai jamais menti! »

« Aramos est le Roi des rois. Pourquoi voulait-il te rencontrer? »

« Je ne sais pas. Il m'a dit que j'étais une princesse au cœur d'or et que je donnerais un jour la vie à un enfant-roi. Je dis la vérité! »

« Un enfant-roi! Qu'est-ce que cette idée d'enfant-roi? »

« Je n'en sais rien, père! J'ai eu la chance de voir le royaume d'Aramos. Tout y est si beau. Vous qui êtes un homme de cœur, pourquoi n'irions-nous pas vivre en son royaume avec mère? Aramos a besoin d'un forgeron et son royaume manque d'institutrices. »

« Pourquoi n'est-il jamais venu jusqu'ici? » dit le forgeron avec une pointe de rancœur dans la voix.

« Parce que la terre est très grande et qu'il n'en a pas encore eu le temps. »

« Va me chercher le parchemin », répondit-il, quelque peu incrédule.

Heureusement, il n'y avait pas de feu dans la cheminée. Le parchemin était intact. Après avoir épousseté le document à l'aide d'un coup de soufflet, Sandrine le remit à son père qui le lut attentivement. À la dernière ligne, touché et ému, il serra les lèvres. Secrètement, son papa avait toujours rêvé de déménager au royaume d'Aramos, mais il s'était sans cesse réfugié derrière des excuses pour ne pas réaliser son rêve. En tentant de cacher une larme de joie, il dit d'un ton sec à sa fille :

« Va chercher ta mère. »

« Allons-nous déménager? » demanda Sandrine, enthousiaste.

« Je dois d'abord en discuter avec ta mère, mais si elle est d'accord, je suis partant. »

Remplie de joie, Sandrine courut chercher sa maman qui, fort heureusement, donna son accord sans se faire prier. Quelques jours plus tard, toute la famille partit en direction du royaume d'Aramos en compagnie d'un joyeux petit lutin.

☙❧☙

Le royaume des cœurs n'a jamais eu de frontières, ni de barrières ou de clôtures. Par contre, il était relativement facile de deviner qu'on y pénétrait en raison des couleurs resplendissantes des forêts et des prairies environnantes. On pouvait ressentir la présence du monde de l'imaginaire comme nulle part ailleurs. La nature respirait la joie.

Aux abords du royaume, Sandrine inspira le plus d'air possible dans ses poumons. Pour la première fois de sa jeune vie, elle éprouva le bonheur de pouvoir enfin afficher ses vraies couleurs. Larin dirigea la petite famille vers une jolie maisonnette sise au sommet d'une colline, légèrement en retrait de leur nouveau village.

Un gigantesque saule pleureur dominait le paysage. « Voici votre cadeau de bienvenue, gracieuseté du roi! » clama Larin. De nombreux présents, offerts par les villageois, jalonnaient le perron de leur nouvelle demeure. Les conseillers d'Aramos avaient tout prévu : l'atelier de forgeron pour le père, l'emploi de la mère et l'inscription de leur enfant à l'école.

Sandrine appréhendait son entrée en classe. Elle ne connaissait rien des écoles mixtes et craignait d'être une fois de plus mise à l'écart par les autres élèves. Or, elle fut vite intégrée par ses nouveaux camarades de classe. À sa grande surprise, ceux-ci communiquaient par la pensée, chacun ayant développé son talent de télépathe. Tout le monde voulait être son ami. Sandrine eut peine à le croire. Jamais elle n'avait reçu autant d'amour. Son premier cours donné à l'extérieur par un noisetier fut pour elle une expérience inoubliable. Elle adorait particulièrement son professeur d'histoire, un gentil et passionné rocher.

Lors de sa première présence aux fêtes du neuvième jour, David le dragon l'invita à danser sous le regard amusé de ses parents. Habile danseur, Larin prit la relève en déployant un déhanchement digne des plus grands cavaliers d'Amérique latine. Jamais Sandrine n'avait autant rigolé.

⊚⊚⊚

Au fil des ans, Sandrine s'aperçut que le regard des jeunes hommes à son endroit changeait quelque peu. Certains prétendants rivalisèrent d'adresse pour attirer son attention. Souvent, les garçons tombaient amoureux d'elle sans trop savoir pourquoi! Ils sentaient des choses à son contact qu'ils ne pouvaient ni nommer ni comprendre. Sandrine, qui rêvait au grand amour, dut repousser leurs avances. Chaque fois, elle avait la triste impression de briser un cœur. Il fut même de plus en plus difficile pour elle de maintenir des liens d'amitié avec des garçons. Pourtant, elle adorait leur compagnie. Lorsque ses amies la taquinaient au sujet de son succès avec la gent masculine, Sandrine faisait mine de ne pas être intéressée aux garçons, mais gardait l'œil ouvert.

ⓖⓖⓖ

Au crépuscule de sa vie, le roi Aramos se fit de plus en plus discret, laissant le soin aux membres du Conseil des sages de gérer les activités quotidiennes du royaume des cœurs. Heureux et serein, il appréciait particulièrement le silence et la solitude du mont Chiara, et y passait presque tout son temps. La réunion des nations blanche, jaune, noire et rouge avait permis aux humains d'atteindre un niveau de sagesse des plus élevés. En revisitant les différentes étapes de sa vie, Aramos eut le sentiment du devoir accompli. Il aurait aimé, bien sûr, réussir à rallier l'ensemble des humains au royaume des cœurs, mais il avait la satisfaction de laisser la Terre dans un meilleur état qu'à sa naissance. L'enfant aux yeux étoilés en avait fait du chemin depuis sa venue au monde au fond d'une caverne.

Grand Prêtre Dragon fut l'un des rares à côtoyer Aramos les derniers jours de sa vie. Tous deux se divertissaient en jouant aux cartes. Ils avaient l'air de deux gamins. Curieusement, leurs cartes à jouer ressemblaient, en plusieurs points, à celles que l'on connaît aujourd'hui.

La veille de son départ pour les étoiles, Aramos convoqua Sandrine au sommet du mont Chiara. À son arrivée, le Roi des rois imposa les mains sur sa tête et lui dit d'une voix douce : « Sandrine, le temps est venu pour moi d'aller retrouver mes ancêtres dans le ciel. Si un jour le doute résonne dans ta tête au sujet de ta destinée, danse en prenant appui sur les talons. Tu sentiras alors le rythme de la Terre et le doute s'envolera comme par enchantement. S'il arrivait que tu te sentes seule ou désemparée, observe les étoiles. Il y en aura toujours une, dont la mienne, pour t'accompagner sur ton chemin de vie... » À la fois triste et touchée, Sandrine lui promit d'étudier les astres afin de deviner laquelle des étoiles serait la sienne.

ⵥ⳼ⵥ

Un jour qu'elle marchait avec des copines sur la rue principale de son village, elle croisa du regard un chevalier à l'allure fière. Le jeune homme venait tout juste de s'enrôler dans l'armée du nouveau roi Atimore pour combattre les guerriers ackmores. Surprise par l'intensité du regard du jeune homme, Sandrine détourna la tête discrètement, tout en gardant un œil sur celui qui allait un jour, pensa-t-elle, la marier. Jamais son cœur n'avait battu aussi fort. Ses yeux trahirent sa joie, au grand plaisir de ses amies qui, pour la première fois, la virent troublée par un garçon.

Certains appellent cela un coup de foudre, mais pour Sandrine ce fut davantage une communion entre deux soleils, laquelle dépasse le temps et l'espace. En pensée, elle et son chevalier échangèrent leur nom. Passant à ses côtés, le jeune homme lui présenta à la dérobée une pierre d'émeraude. Tout en la dissimulant dans la paume de sa main gauche, Sandrine lui tendit un rubis. Tout cela eut lieu à l'abri des regards indiscrets de ses amies et des passants. Seul Larin fut témoin de la scène. En ces temps reculés, offrir une pierre à une personne équivalait à lui offrir son cœur.

☙❦❧

Le nouvel amoureux de Sandrine partit faire la guerre quelques heures à peine après leur rencontre. Dans son for intérieur, elle se disait convaincue qu'une fois la victoire du roi Atimore acquise, ils uniraient leurs destinées. Pas une seule journée ne se passa sans que leurs soleils intérieurs communient ensemble. Malheureusement, les semaines, les mois et les années défilèrent sans que les combats ne cessent.

Un jour, sans crier gare, un doute se glissa dans le cœur de Sandrine. La pierre d'émeraude qu'elle conservait précieusement avait disparu. La faute incombait, pensait-elle, à un malheureux petit trou dans la poche avant de sa robe. Malgré ses recherches, Sandrine ne la trouva nulle part. Elle qui rêvait de fonder une famille crut qu'il s'agissait d'un signe de la vie. Son amoureux l'avait-il oubliée?

Se remémorant le message d'Aramos selon lequel elle donnerait naissance un jour à un enfant-roi, elle ne put s'empêcher de penser que le temps était peut-être venu pour elle d'étudier la possibilité d'unir sa destinée à celle d'un autre homme. La plupart de ses amies étaient mariées et plusieurs d'entre elles avaient déjà des enfants. Alors qu'elle était en plein questionnement et qu'elle n'avait toujours pas retrouvé son émeraude, un bon et beau chevalier du prénom de Danyel vint à sa rencontre et lui offrit une opale. Aux prises avec une terrible valse d'hésitations, Sandrine lui demanda quelques jours de réflexion.

S'ensuivit une fouille systématique de la maison familiale dans l'espoir de retrouver la pierre de son amoureux. Elle revisita tous les sentiers et les chemins qu'elle avait coutume d'emprunter. Elle questionna Larin qui resta muet; les lutins n'ayant pas le droit, sauf en de rares exceptions, d'intervenir dans les histoires d'amour des humains. La nuit venue, Sandrine se mit à danser en prenant appui sur les talons. Bien qu'elle sentit le rythme de la Terre et que son cœur lui criait d'être patiente, le doute persista dans sa tête. En larmes, elle poursuivit sa danse tout en observant les étoiles à la recherche d'une réponse d'Aramos, mais rien n'y fit. Le doute inonda son cœur au point où Sandrine accepta, quelques jours plus tard, l'opale de Danyel. La tête, pour ne pas dire la raison, venait de l'emporter sur le cœur…

ගⓔග

Bel homme et vaillant, Danyel était follement amoureux d'elle. En pesant le pour et le contre, Sandrine se consola à l'idée qu'il lui donnerait tout ce dont elle avait besoin et qu'il prendrait soin d'elle. « Que demander de plus? » se dit-elle. Or, en se mettant au lit le soir même où elle avait accepté l'opale de Danyel, Sandrine retrouva l'émeraude sous son oreiller. Déchirée, le cœur en lambeaux, elle n'eut pas le courage de rendre l'opale à son nouveau prétendant. Comme il lui aurait semblé injuste de ne pas libérer le cœur de son amoureux secret, elle se résigna à retourner l'émeraude à la terre en prenant soin de l'envelopper dans un papier de soie. Dès lors, son cœur cessa de communier avec celui qui au loin combattait l'ennemi.

Au moment d'officialiser son union avec Danyel, Sandrine lui offrit une perle rose qu'elle avait reçue en héritage de sa grand-mère maternelle. Quelques semaines plus tard, elle sentit la présence d'un second petit soleil en son corps...

Kaya

C'est au cours d'une nuit de printemps parsemée d'étoiles filantes dans le ciel que Kaya vint au monde. Avant qu'il n'ait eu le temps de pousser un premier cri, deux d'entre elles s'introduisirent dans son cœur pour accompagner son petit soleil naissant. En voyant l'éclat de ses yeux, la femme médecin eut une pensée pour Aramos, qui était né dans des circonstances similaires. « Votre enfant a le regard d'un grand sage », dit-elle à la nouvelle maman en lui présentant son nouveau-né.

Grâce à Kaya, Sandrine retrouva ce merveilleux sentiment de communion entre deux soleils. Le simple fait de tenir son enfant dans ses bras lui apportait une grande dose d'amour pur. Elle aurait tant aimé partager ce genre de connexion avec Danyel, mais cela s'avérait impossible. Il était l'élu de sa tête et non de son cœur. Le doute ravageur et la peine d'un amour perdu fragilisèrent sa santé. Jamais Sandrine ne put oublier celui qui avait fait vibrer son soleil intérieur.

Dès ses premiers pas, Kaya partit à la découverte de la ferme familiale. Sise à l'orée d'une forêt et délimitée au nord par une rivière, la ferme lui offrait un terrain de jeux extraordinaire. Avant même qu'il ne sache formuler une phrase, on vit Kaya jaser avec Rosie la truie, Sabah le cheval, Sandy la chienne, Tiger le chaton ou Aurélie, la petite fée chargée de veiller sur lui. Il captait leur attention de façon envoûtante. Les fleurs relevaient la tête à son passage pour le saluer. Les oiseaux se pointaient le bout du bec au lever du jour pour causer avec lui, s'alignant les uns à côté des autres sur le rebord de sa fenêtre. Kaya adorait particulièrement les arbres et ne manquait jamais une occasion de les enlacer. Souvent, on le voyait poser ses mains sur des rochers. Il les caressait, leur lançait des compliments ou leur disait simplement : « Je t'aime. » Ce fils de chevalier avait les poches de pantalon toujours bien remplies de cailloux de toutes sortes. C'était sa façon de les aider à se promener d'un endroit à un autre. Kaya aurait bien aimé avoir un petit frère ou une petite sœur avec qui jouer, mais sa mère ne pouvait enfanter de nouveau en raison de sa santé fragile.

☾☉☾

La naissance de millions d'enfants aux yeux brillants provoqua un vent d'enthousiasme au sein du royaume d'Atimore, mais les réjouissances furent de courte durée. La brigade spéciale formée par Ackmore pour identifier ces enfants déclencha une vague de peurs. Malgré les mises en garde du roi Atimore, plusieurs parents fermèrent la porte au monde de l'imaginaire et s'assurèrent que leurs enfants en fassent autant pour éviter que les Ackmores puissent les reconnaître. La guerre provoqua un changement des mentalités.

Ne sachant plus à qui faire confiance, bien des gens devinrent méfiants et craintifs.

Contrairement à beaucoup d'enfants, Kaya eut la chance de naître dans un environnement où il pouvait s'exprimer librement, où ses parents l'encourageaient à développer ses forces et ses habiletés, malgré la guerre et les tensions. Si le ciel était dépourvu de dragons en raison de la guerre avec les Ackmores, la ferme familiale devint un refuge pour de nombreuses autres créatures du monde de l'imaginaire désireuses de se reposer à la surface.

Les rares fois où il accompagnait ses parents au village, Kaya voyait bien que le monde extérieur n'était pas pareil à celui de la ferme. À leur passage, certains chuchotaient dans leur dos, qualifiant Sandrine et Danyel d'insouciants d'exposer ainsi leur fils aux dangers. D'autres saluaient leur courage. Les personnes âgées, en particulier, n'en avaient que pour les yeux de Kaya et pour ses joues, aussi grosses que celles d'un écureuil à l'automne.

Lorsqu'il croisait des enfants de son âge, Kaya sentait qu'il était différent, mais sans trop savoir comment ni pourquoi. Rares étaient ceux qui jouaient avec les créatures de l'imaginaire. Mis à part les tout-petits, personne n'était accompagné d'une fée ou d'un lutin. De leur côté, Sandrine et Danyel voyaient très bien les changements s'opérer au sein de la population. Plutôt que de se décourager, ils redoublèrent d'ardeur et de vigilance afin de s'assurer que Kaya puisse grandir tout en conservant ses yeux brillants.

Kaya fut donc protégé, tant bien que mal, des affres de la guerre. En d'autres temps, il aurait eu droit aux enseignements des grands maîtres, mais l'état de guerre ne le permettait pas, du moins pas à la surface de la Terre. Conscient de la nécessité de former les enfants en dépit des combats, Grand Prêtre Dragon, en accord avec le roi Atimore, commanda la construction d'une école sur la route des cœurs. On lui donna le nom de Maison Agathe en l'honneur de Madame Agathe, directrice de la toute première école mixte de la surface. De son vivant, Aramos avait souligné plus d'une fois sa grande contribution à l'émergence du royaume des cœurs. Grâce à son imagination débordante, son amour des enfants et sa patience, elle avait fait des écoles mixtes un lieu d'enseignement, d'échange et de partage où le plaisir d'apprendre était à l'honneur.

Toutes les nuits, la petite fée Aurélie conduisait Kaya à la Maison Agathe. Il en fut l'un des premiers élèves. Kaya adorait cette école, car il y retrouvait des enfants qui, comme lui, avaient gardé grande ouverte la porte de l'imaginaire.

ᖳᖳᖳ

Kaya était haut comme trois pommes lorsque son amie Rosie lui sauva la vie. Ils bavardaient ensemble de tout et de rien lorsque soudain, un violent coup de vent, provoqué par une créature de l'imaginoire, poussa la lourde barrière de l'enclos en direction de Kaya. Faite de bois rond, elle était si lourde qu'il fallait souvent s'y mettre à deux pour la refermer. Coupant court à la conversation, la truie se précipita pour stopper la barrière meurtrière en s'interposant entre elle et son ami. Kaya fut sauvé, mais Rosie fut sérieusement blessée aux côtes. Le souffle coupé, elle lui dit : « Ne sois pas triste, Kaya, car c'est dans l'accomplissement de notre mission de vie que notre existence prend tout son sens. Je savais que j'aurais un jour à sauver la vie d'un grand homme, mais je ne savais pas qui, ni quand ni comment. J'ai attendu ce moment très longtemps. Mon geste s'inscrit dans la volonté de celui qui en silence gouverne les cœurs. Un jour viendra où, en raison de ta pureté de cœur, tu sauveras beaucoup de gens. Tu dois donc prendre un soin jaloux de ton jardin intérieur, peu importe les épreuves que la vie te réserve, que tu sois rejeté ou bafoué. Les humains ne comprendront pas toujours tes pensées, mais sache que la vérité finira un jour par éclater. Nous nous reverrons là où les cœurs se rejoignent, là où tu iras. Je suis fière d'être ton amie, Kaya. »

Aussitôt son discours terminé, Rosie ferma les paupières puis poussa un dernier soupir. Assis sur le sol, Kaya lui caressait gentiment la tête et le ventre lorsqu'il dit à ses parents qui s'approchaient : « Il ne faut pas être triste, son petit soleil est de retour parmi les étoiles. Je l'ai vu s'envoler! » Bouche bée, Sandrine et Danyel se lancèrent un regard médusé. Un de leurs employés transporta le corps de Rosie dans la grange. Pour sa part, Kaya partit jouer dans les champs.

ᥫᩡᥫ

Tiger le chat était le dur à cuire de la ferme. Ses larges épaules, son gros ventre, sa démarche lente et ses grandes moustaches laissaient craindre le pire aux nouveaux visiteurs. En réalité, Tiger était plutôt un dur au cœur tendre. Indépendant comme pas un, il feignait de ne pas aimer la présence de Kaya, alors qu'il l'appréciait au plus haut point. Comme la plupart des chats à cette époque, Tiger avait le don de reconnaître les créatures de l'imaginoire. Plusieurs d'entre elles se transformaient en souris-espionnes. Lorsqu'il en voyait une, Tiger se changeait en chasseur redoutable. Ceux qui avaient fermé la porte de l'imaginaire crurent, à tort, que lui et ses amis chats n'aimaient pas les souris. Tiger était fort triste d'avoir été absent lors des événements précédant le décès de Rosie. S'il avait été là, rien de tout cela ne serait arrivé.

Sandy la chienne naquit le même jour que Kaya. Elle avait le visage rieur. On la voyait souvent courir après sa queue, formant une véritable petite tornade. En réalité, c'est qu'Aurélie et ses amies de l'imaginaire s'agrippaient au bout de sa queue. Sandy les faisait virevolter à une vitesse folle. Leurs courses se terminaient au moment où, trop étourdi, tout le monde s'écrasait sur l'herbe.

Influencée par Kaya, Sandy s'amusait à transporter de gros cailloux dans sa gueule. Il lui arrivait parfois d'aboyer après eux, sans trop qu'on ne sache pourquoi. Amoureuse de Rex, le chien de la ferme voisine, elle fonda une famille et donna naissance à cinq bébés chiens. Kaya eut le bonheur d'assister à leur naissance. C'était particulièrement rigolo de voir les chiots suivre Sandy à la queue leu leu à la manière de canetons derrière leur mère. Lorsque Kaya se sentait triste, la gentille chienne avait coutume de se coucher à ses côtés, en silence. C'était sa façon de le réconforter.

੭੭੭

Kaya était particulièrement impressionné par la stature de Sabah, un magnifique cheval brun à la crinière noire et longue. Un jour, il lui dit :

« Lorsque je serai plus vieux, Sabah, je serai grand comme toi! »

« Pourquoi souhaites-tu devenir aussi grand que moi, Kaya? » demanda le cheval.

« Pour voir le monde d'en haut. »

« Tu devrais te changer en oiseau. »

« Je ne sais pas voler, Sabah. »

« Tu peux toujours voyager sur le dos d'un dragon. »

« Je n'en ai jamais vu. Papa m'a dit qu'ils sont trop occupés à protéger le monde de l'imaginaire et qu'ils n'ont plus de temps pour s'amuser. Ce ne doit pas être drôle, la vie de dragon. »

« La vie est faite de hauts et de bas, Kaya, même pour ceux qui savent voler! »

« Dis-moi, Sabah. Pourquoi acceptes-tu que des gens grimpent sur ton dos? Danyel m'a toujours dit que je ne devais jamais laisser qui que ce soit monter sur mon dos. »

« C'est que cela fait partie de ma mission de vie, Kaya. »

« Ta mission! Rosie aussi avait une mission. »

« Toutes les créatures naissent avec une mission à accomplir et un rôle à jouer. Pour ma part, parce que quatre pattes valent souvent mieux que deux, j'aide les humains dans leurs déplacements. En échange, ils me fournissent une maison pour dormir et du fourrage de première qualité pour satisfaire mon appétit vorace. Ça ressemble à ce que tu fais avec les cailloux lorsque tu les aides à se déplacer. »

« Les cailloux sont mes amis. J'aime bien les aider. De toute façon, je ne connais pas ma mission. »

« Aurais-tu oublié le message de Rosie? »

« Elle m'a dit que je sauverais un jour la vie de beaucoup de gens, mais je ne vois vraiment pas quand ni comment ça pourrait se produire. »

« Ce n'est pas important que tu saches quand ou comment. D'ailleurs, ta mission de vie va probablement aller bien au-delà de la prédiction de Rosie. Pour l'instant, ta mission consiste à faire sourire les gens autour de toi. »

« Ce n'est pas une mission, faire sourire les gens! »

« Attention, c'est là un noble métier et tu as beaucoup de talent. N'as-tu pas déjà entendu parler des fous du roi? »

« Fous du roi? Il y a des rois qui sont fous? »

« Non, Kaya. Les fous du roi sont chargés d'amuser le roi et sa cour. Atimore adore rigoler en leur présence. »

« Notre Roi-Soleil? »

« Oui! Le roi porte de grandes responsabilités sur ses épaules et, comme tout le monde, il a parfois besoin de se divertir. Que dirais-tu de monter sur mon dos? »

« Tu es bien trop grand, Sabah. »

« Attends, laisse-moi m'agenouiller… Maintenant, tire sur ma crinière et grimpe. Tu verras le monde d'un tout autre œil. »

« Oh! ce que tu es chanceux d'être aussi grand! »

« Tu sais, Kaya, s'il est parfois utile d'être grand physiquement, garde en tête que le plus important est d'être grand en son cœur. »

ᖏᖎᖏ

Cela me fait penser, Naémie, à une petite histoire que j'ai écrite il y a longtemps déjà.

— Laquelle?

— Celle du grand chêne et du petit oiseau. C'est curieux, elle est déjà écrite dans mon cahier!

— Il faut me la raconter alors!

— D'accord…

Le grand chêne et le petit oiseau

Il était une fois un petit oiseau perché sur une branche d'un grand chêne. Le petit oiseau, qui rêvait de devenir grand et fort, questionna l'arbre au sujet de sa taille gigantesque :

« Grand chêne, comment se fait-il que tu sois devenu si grand et si fort, toi qui n'étais à l'origine qu'un gland tombé du ciel? »

« C'est justement parce que je suis tombé du ciel qu'enfant, j'ai mis tant d'efforts à grandir encore et encore afin de m'en rapprocher et d'en toucher la lumière. Or, pour aller si haut tout en ayant les racines bien en terre, il faut un tronc extrêmement solide. Le jour où j'ai cessé de grandir et où mon tronc a fléchi un peu, j'ai pleuré de déception pendant plus d'un mois. J'étais tellement triste de constater que jamais je ne pourrais toucher le ciel avec mes branches. Un de tes amis à plumes voyant mon chagrin m'a dit : "Grand chêne, pourquoi pleures-tu? La lumière que tu souhaites toucher en tendant tes branches vers le ciel n'est pas que là-haut. Elle est partout autour de toi, mais surtout en toi..." Je me souviens très bien de ce jour de printemps. Réalisant la portée de ce que venait de me dire l'oiseau, je fermai les yeux pour entrer en mon cœur. Après quelques secondes, je me rendis compte que j'avais la possibilité de voyager par mes racines. J'en profitai pour faire le tour du monde. Je me suis fait plein d'amis. J'étais si heureux, que tous mes bourgeons éclatèrent d'un seul coup. Depuis ce jour, je m'efforce de ressentir cette lumière en moi. Ce qu'il y a de merveilleux, c'est que plus je me branche sur elle, plus il m'est facile de la reconnaître chez les autres. »

« Tes parents auraient pu te le dire que cette lumière se trouvait en toi. Cela t'aurait évité de t'épuiser à grandir et d'entretenir le fol espoir de toucher un jour la lumière du ciel avec tes branches. »

« Je ne me suis pas épuisé à grandir. Certaines leçons de vie ne se partagent que très difficilement. Il faut parfois expérimenter soi-même pour bien les comprendre. Cela cause d'ailleurs bien des maux de tête aux parents qui aimeraient que leurs enfants profitent davantage de leur expérience. N'oublie pas que je suis un chêne, et tous les chênes ont le potentiel de devenir grands. C'est important d'atteindre son plein potentiel. Les fleurs et les arbrisseaux travaillent aussi très fort pour grandir. De ton côté, tu as la chance de voler et de toucher le ciel autant que tu le désires. Tu es aussi libre que le vent. Par contre, tu ne voleras jamais assez haut pour toucher la lumière en ton cœur; de là l'importance du voyage intérieur. À l'avenir, lorsque tu croiseras une créature, concentre-toi sur ses qualités de cœur. Écoute, observe, partage et apprends. Ne te laisse pas impressionner par sa grandeur, sa grosseur, et encore moins par ses connaissances ou ses possessions, car tout cela ne vaut rien sans la noblesse du cœur. »

Joyeux et le sourire au bec, le petit oiseau remercia le grand chêne, puis s'envola dans les airs. Au haut du ciel, les nuages l'accueillirent en prenant la forme d'un oiseau géant.

ᓚᓂᓚ

— Comme les étoiles, les nuages sont souvent porteurs de grands messages, petit Jack. Il suffit de prendre le temps de les observer.

— C'est peut-être ce qui explique que Sandrine adorait contempler le ciel. Il lui arrivait même de réveiller Kaya en pleine nuit pour observer les étoiles. Elle lui disait toujours que c'était de là-haut que leurs ancêtres veillaient sur eux, dont les parents de Danyel que Kaya n'avait pas eu la chance de connaître. Ils avaient quitté la terre avant sa naissance.

De leur côté, les parents de Sandrine étaient très fiers de leur petit-fils. Ils auraient souhaité le voir plus régulièrement, mais ils habitaient à au moins trois jours de marche de la ferme. À la retraite, les grands-parents maternels de Kaya investissaient tout leur temps libre à se bâtir un petit coin de paradis. De magnifiques jardins entouraient maintenant leur maisonnette. Le saule pleureur dominait toujours le paysage. Ils avaient dédié un espace aux abeilles, qui les remerciaient en leur fournissant du miel. Avec ses cheveux blancs et son visage serein, le grand-père était vraiment beau à voir aux côtés de Kaya. Il adorait partager ses connaissances avec lui. La grand-mère se plaisait à gaver Kaya de petits fruits et de biscuits. Elle l'appelait son « Petit Roi ». En raison de la guerre avec les Ackmores, elle s'inquiétait grandement pour son avenir.

Une nuit, la foudre s'abattit sur le grand saule et le fendit en deux. Réveillé par le fracas, le grand-père aperçut des Ackmores en train de mettre le feu aux jardins dans le but d'en chasser les créatures de l'imaginaire. En tentant de les en empêcher, il reçut un violent coup de bâton sur la tête. Sa femme vint à son secours, mais le mal était fait. Au même moment où le cœur de son mari cessa de battre, le sien en fit autant. Ce furent des voisins qui les retrouvèrent dans les bras l'un de l'autre au matin. Le choc fut terrible pour Sandrine, qui cacha la nouvelle à son fils. La crainte s'empara d'elle, le doute aussi. Une nuit, alors qu'elle observait le ciel avec Kaya, celui-ci remarqua la présence de deux nouvelles étoiles. Lorsqu'il les pointa du doigt, Sandrine fondit en larmes.

ⓖⓖⓖ

Kaya venait à peine d'avoir cinq ans lorsque, aux prises avec une forte fièvre, Sandrine rejoignit ses parents dans les étoiles. Avant de fermer les yeux pour la dernière fois, elle posa un regard tendre sur Danyel, qui l'embrassa délicatement sur le front. Les yeux gorgés de larmes, son bon ami Larin se tenait devant elle avec une belle grosse pomme dans les mains. Les amis de Kaya étaient tous présents : Sabah à la fenêtre, Aurélie sur son épaule, Tiger et Sandy, étendus au pied du lit. Tenant la main de Kaya, Sandrine lui dit : « Je m'en vais là-haut avec la ferme intention de veiller sur toi, jeune homme. Je t'aime... » À l'instant où elle ferma les paupières, Kaya aperçut un petit soleil quitter sa poitrine, sortir par la fenêtre et se diriger tout droit vers le ciel. Bien qu'attristé, il se consola à l'idée qu'il n'aurait qu'à observer les étoiles pour la voir.

ତତତ

— Que se passe-t-il, Naémie? Tu pleures?

— Non! Ce sont mes allergies!

— Ah bon? Tu ne vas tout de même pas me dire que tu es allergique au pollen des fleurs?

— Petit Jack!

— Je te taquinais... Aimerais-tu faire une pause?

— Non.

— Je continue alors...

L'orphelinat

À la ferme, il y avait déjà un certain temps que les animaux affichaient des signes de nervosité. Tous s'efforçaient de ne rien laisser transparaître aux yeux de Kaya, mais celui-ci n'était pas dupe. Il voyait bien que quelque chose clochait. Ses amis du monde de l'imaginaire avaient les traits tirés et le regard inquiet.

Les Ackmores menaçaient les derniers remparts du royaume des cœurs, obligeant Atimore à appeler en renfort tous ceux qui étaient aptes à combattre. Malgré une sévère blessure de guerre qui avait diminué ses capacités physiques, Danyel décida de reprendre les armes. Au moment de quitter la ferme, il serra Kaya dans ses bras en sachant fort bien qu'il risquait de ne plus le revoir. Il lui dit : « Mon fils, notre royaume est menacé de toutes parts. C'est en ton honneur et en celui de ta mère que je m'en retourne combattre les Ackmores. À ta naissance, tu as reçu en ton cœur un cadeau du ciel. Le jour viendra où tu devras te tenir debout, bien droit, tel un grand chêne, pour honorer ce cadeau. Je t'aime. »

Kaya ne voulait pas que son père parte à la guerre. Pour l'en empêcher, il s'accrocha au pantalon de Danyel en ancrant ses pieds dans le sol. Il le supplia de rester. Tous ses amis à la ferme avaient le cœur brisé. Jamais ils n'avaient vu Kaya dans un tel état. Après qu'il l'eut serré dans ses bras une dernière fois, Danyel partit sans jamais regarder derrière, cachant ainsi les larmes déferlant en silence sur son visage. Le départ de son père bouleversa profondément Kaya, car il pressentait que plus rien ne serait pareil.

๑๑๑

Ce sont les employés de la ferme qui, dans un premier temps, s'occupèrent de Kaya. Malheureusement pour lui, son père ne revint jamais de la guerre, les Ackmores ayant pratiquement balayé l'armée du roi Atimore. Étant trop jeune pour reprendre la ferme, Kaya fut conduit à un orphelinat. Le jour de son départ, les nuages pleuraient leur peine. Tous ses amis à la ferme avaient la mine basse et le cœur chamboulé. Kaya les embrassa un à la fois. Malgré quelques tentatives d'échanges de sourires, son petit soleil intérieur s'inondait à chaque pas. Voilà que son monde s'écroulait sous ses yeux sans qu'il ne puisse rien y changer. Il aurait tellement aimé être plus vieux pour pouvoir diriger la ferme et poursuivre le travail de ses parents. C'est à Sabah qu'incomba la tâche de conduire Kaya à l'orphelinat.

๑๑๑

La façade extérieure de sa nouvelle demeure était grise d'ennui. Tous les arbres autour de l'édifice avaient été abattus. Même les oiseaux faisaient un détour pour éviter l'endroit. Le directeur de l'orphelinat était un sympathisant des Ackmores. Les créatures de l'imaginaire ne pouvaient y pénétrer sans risquer leur vie. La petite fée Aurélie dut se résigner à ne plus accompagner son ami.

Dès que Kaya eut franchi le seuil de la porte de cet orphelinat réservé aux garçons, sa vie prit une drôle de tournure. Petit de taille, il devint rapidement le souffre-douleur des plus costauds. Ses yeux brillants furent sujet de moqueries de la part des méchants qui s'amusaient à le bousculer. Kaya encaissa les coups en silence. En entrant dans cet univers dominé par les Ackmores, le petit bonhomme aux grosses joues belles à croquer se changea peu à peu en un enfant renfermé, craintif et malheureux. Toutes ses qualités apparurent comme des défauts aux yeux des voyous.

À l'école, adjacente à l'orphelinat, ce ne fut guère mieux. Kaya était habitué au rythme et à la jovialité de la Maison Agathe, et le contraste entre les deux endroits fut particulièrement perturbant pour lui. Dans sa nouvelle école, les élèves n'avaient pas le droit de parler entre eux, de jouer et encore moins de rire. Tout avait été mis en œuvre pour que les enfants cessent de cultiver leur imagination. Les cours reliés aux arts y étaient proscrits. Sur l'un des murs grisâtres du bureau de la direction, il était écrit en grosses lettres : « Notre mission : Éduquer les futurs sujets du roi Ackmore. »

Kaya avait peine à croire à quel point la méchanceté des uns pouvait se nourrir de l'ignorance des autres. Comme sa mère, il entendait de façon toute naturelle les pensées des gens. À la ferme familiale, ça ne posait pas de problèmes, au contraire, mais dans un environnement dominé par les Ackmores et les voyous, c'était assez terrible à vivre. Premier de classe dans bien des matières, Kaya trouvait bizarre de côtoyer la jalousie et l'envie de certains élèves. Il comprenait encore moins ce sentiment de compétition qui animait plusieurs d'entre eux, car à la Maison Agathe, tout le monde s'entraidait.

Dans son malheur, Kaya se fit heureusement un ami. À peine plus grand que lui, mais plus habile à naviguer en eaux troubles, Franck trouvait toujours le moyen d'éviter les problèmes. C'est lui qui enseigna à Kaya les quelques règles élémentaires à adopter pour survivre dans un environnement hostile. Il avait littéralement élaboré un guide de survie. Sans lui, Kaya aurait eu beaucoup de difficulté à tenir le coup. Un des trucs de Franck consistait à s'imaginer dans la peau d'un dauphin face à une bande de requins. Intelligent et habile nageur, le dauphin étudie les mouvements des requins pour les déjouer. Franck insista sur deux points très importants : « D'abord, un dauphin ne doit jamais se présenter devant un requin dans la peau d'une victime. Ce serait comme lui lancer de la nourriture. Ensuite, on doit toujours garder en tête que, lorsqu'on croise un requin, celui-ci interprète toujours nos paroles, nos actions et même nos intentions selon SA vision et SES valeurs, lesquelles sont bien différentes de celles d'un dauphin! Dans la mesure du possible, mieux vaut s'en tenir loin. » C'est ainsi que Franck et Kaya combinèrent leurs efforts afin de réussir à survivre parmi les requins.

ᏇᏇᏇ

En suivant les indications de Sabah, Tiger rejoignit Kaya à l'orphelinat. Avec ses allures de dur à cuire, il réussit à se faire passer pour un chat ackmore et à se faufiler à l'intérieur de l'établissement sans se faire remarquer. Les chats ackmores sont particulièrement habiles à chasser les fées et les lutins. En maintenant son attitude indépendante envers son ami, Tiger évita les soupçons.

Les nouvelles de la ferme n'étaient pas très réjouissantes. Les Ackmores en avaient pris le contrôle. La qualité de vie des animaux n'était plus la même. Sabah travaillait toujours plus, en échange de moins en moins de fourrage. Sandy avait emménagé chez son amoureux avec ses chiots. Les végétaux avaient perdu leurs plus belles couleurs et les amis de l'imaginaire, dont Aurélie, avaient déserté les lieux.

ᏇᏇᏇ

Kaya adorait observer les étoiles. De son lit, il avait la chance de pouvoir les voir par la fenêtre du dortoir. Une nuit, un écureuil-messager se pointa le bout du museau sur le rebord de la fenêtre. Kaya s'approcha doucement de lui sans faire de bruit pour ne pas réveiller les autres enfants. À sa grande surprise, le petit animal lui remit une clef en or. Cinq diamants en décoraient l'anneau. Le gentil écureuil lui dit tout bas : « Un maître-forgeron vivant dans les étoiles m'a chargé de te remettre cette clef. Prends-la, ferme les yeux et laisse-toi guider par les images. » L'écureuil disparut aussitôt.

Quelques instants après s'être fermé les paupières, Kaya aperçut une porte. On aurait dit qu'elle avait été forgée à même un immense lingot d'or. Sa surface était recouverte de superbes gravures. Cinq diamants, similaires à ceux de la clef, ornaient le contour de la serrure. Désireux de poursuivre son épopée, Kaya y inséra la clef, puis la fit tourner d'un demi-tour. Aussitôt, il entendit le son d'une chute d'eau. Serrant les yeux plus fort, il pénétra dans ce qui avait l'apparence d'une forêt enchantée. Un sentier le conduisit directement au pied de la chute. L'écureuil-messager l'y attendait vêtu d'un smoking noir. Il invita Kaya à prendre place sur un rocher au bord de la rivière. Une fois assis, les deux pieds dans l'eau, Kaya eut droit à un véritable spectacle de bienvenue. Dans le ciel, les oiseaux chantaient au gré des notes de musique que leur offrait l'arc-en-ciel. Devant, des poissons se déhanchaient sur l'eau à la manière de danseuses hawaïennes. Discrètement, la petite fée Aurélie dirigeait la scène du bout de sa baguette magique. C'était si beau... En entendant un grognement familier en provenance du sentier, Kaya comprit qu'il avait pénétré pour la première fois dans son jardin intérieur, sur son île. Fou de joie, il s'empressa d'enlacer son amie Rosie. Aurélie vint ensuite les rejoindre et tous trois entamèrent une longue conversation parsemée de sourires et de fous rires.

Kaya avait cru, à tort, qu'il ne pouvait plus visiter la Maison Agathe sans la présence de sa petite fée. Aurélie lui expliqua qu'on a toujours et en tous lieux la possibilité d'emprunter la route des cœurs. Il suffit de fermer les yeux, de s'imaginer un bateau près d'un quai, de monter à son bord et de se laisser guider par les images. La clef magique permettrait désormais à Kaya d'aller directement sur son île via un passage secret.

Après ses premiers pas dans son jardin intérieur, il ferma constamment les yeux afin d'y retourner le plus souvent possible. La réalité de l'orphelinat était tellement dure à supporter qu'une fois, Kaya eut même envie de devenir aveugle afin de ne plus quitter son île. Devinant ses pensées, Tiger se chargea de le remettre sur le droit chemin. Il lui dit d'un ton ferme : « Si tu as reçu une clef magique, c'est pour te permettre de puiser en toi l'énergie nécessaire pour affronter les montagnes de la vie. Tu ne dois donc pas fuir la réalité, mais l'affronter avec pour seul bouclier un cœur cultivé dans la pure tradition aramossienne. »

ⓖⓖⓖ

Kaya avait 11 ans lorsqu'un homme, se proclamant son oncle, le sortit de l'orphelinat pour l'amener dans un curieux village nommé Cendrik. L'homme y était aubergiste. Kaya ne l'avait jamais vu auparavant, mais il n'en souffla mot à personne de peur de voir s'envoler cette chance unique de quitter l'orphelinat. Heureusement, le monsieur accepta qu'il emporte Tiger. « Il sera bon pour chasser les rats de l'auberge! » lui dit-il d'une voix rauque. C'est ainsi qu'après avoir fait ses adieux à son ami Franck, Kaya prit place à bord d'une voiture tirée par deux chevaux.

Plusieurs jours plus tard, quelques centaines de mètres avant d'arriver au village, un panneau défraîchi souhaitait la bienvenue aux visiteurs par ces mots : « Il est un village où l'entraide est loi et où les hommes de cœur ont pour mission de veiller sur le bonheur des gens. Ce village a pour nom Cendrik. » En déchiffrant l'enseigne, Kaya fut rempli d'espoir, quoique son oncle ne ressemblait en rien à l'image qu'il avait d'un chevalier de cœur. Il avait plutôt des allures de rustre avec son gros ventre, sa peau huileuse, sa moustache épaisse et ses dents noires comme le charbon.

Peu bavard, il n'avait pas échangé un seul mot avec lui durant tout le voyage. Kaya avait même de la difficulté à entendre ses pensées!

⟲⟳⟲

Une arche décorait l'entrée du village. Le visage sculpté d'une chèvre ornait sa partie supérieure. Selon la légende, le village fut d'abord construit par ses fondateurs au sommet de la colline surplombant la vallée. Ce choix s'expliquait par leur volonté de toujours garder un œil sur leurs troupeaux de chèvres au bas dans le pâturage.

L'histoire raconte qu'une chèvre appelée Cendrik sauva la vie des villageois lorsqu'elle les alerta en pleine nuit qu'une tornade s'amenait au loin. Surpris dans leur sommeil par ses cris et ses coups de sabot sur les portes des maisons, les premiers levés aperçurent un énorme tourbillon noir et opaque foncer droit sur eux. En l'espace d'un instant, tous les villageois se réfugièrent dans la vallée. C'est sous leurs regards horrifiés qu'ils virent leurs maisons être emportées par cette tornade. Attristés par la perte de leurs biens, mais heureux d'être encore vivants, ils décidèrent de reconstruire le village dans la vallée et de le rebaptiser en l'honneur de cette chèvre.

Malheureusement pour Kaya, cette histoire remontait à des siècles, longtemps avant la naissance du roi Aramos, et il semblait bien que les habitants de Cendrik l'avaient oubliée. D'un village où l'amitié régnait en maîtresse et où l'entraide était loi, Cendrik était devenu un repaire de brigands. Les troupeaux de chèvres avaient disparu et le monde de l'imaginaire en était absent.

☙❧❧

Tous les clients de l'auberge jouaient effectivement aux brigands, mais ils n'étaient pas tous méchants. Kaya avait tiré des leçons de son passage à l'orphelinat. Grâce à sa grande sensibilité, il s'attarda à distinguer les vrais requins des dauphins déguisés en voyous. S'éloignant des premiers, il amusait les seconds en faisant des pitreries. Cirant des bottes qui le remerciaient parfois en testant leur bout sur son postérieur, Kaya répondait par un sourire et gardait toujours la tête haute.

Bien qu'il n'avait pour seul salaire que des restes de table et un coin de garde-robe pour dormir, Kaya ne se plaignait pas. Il se considérait chanceux d'avoir l'occasion de rêver à souhait. Lorsqu'il était trop absorbé par son imagination, les cris incessants de son oncle le ramenaient brusquement à la réalité. Heureusement, Kaya avait toute la liberté de visiter son île intérieure la nuit. Une fois, il y rencontra Sandrine et Danyel venus l'encourager à poursuivre sa route et surtout à garder l'espoir de jours meilleurs. Kaya en profita pour se blottir contre eux. Une belle lumière blanche entourait ses parents.

☙❧❧

Le placard dans lequel Kaya dormait contenait une grosse malle fermée à clef. Elle appartenait à son oncle. Normalement, une jolie nappe la recouvrait. Kaya s'imaginait que ce coffre de voyage cachait un trésor. Un soir, en entrant dans le placard pour se coucher, Kaya posa le pied sur la nappe. En allumant une bougie pour y voir plus clair, il vit que la malle était ouverte. Une minitornade d'images défila aussitôt dans sa tête. Il ne put résister à l'envie de regarder à l'intérieur. Un gros livre à la reliure en cuir brun et aux coins en métal s'y trouvait. Jamais Kaya n'avait vu une aussi belle couverture. Curieux, il s'adossa contre le mur, déposa le grand livre sur ses genoux et l'ouvrit avec précaution. Dès la lecture des premières lignes, Kaya eut l'impression d'entrer par effraction dans la vie de celui qui l'avait sorti de l'orphelinat. Ce livre était le journal de vie de son oncle. Voici son histoire…

L'oncle

Derrière la panoplie de surnoms que les clients de l'auberge donnaient à l'oncle de Kaya se cachait son vrai nom : Drake. Dans les faits, il n'était pas son oncle, mais un vieil ami de son père. À une époque, ils étaient même les meilleurs amis du monde. Ils s'estimaient autant que des frères. Certains événements de la vie les avaient séparés.

Drake et Danyel s'étaient connus dès l'âge du berceau. Ils partageaient la même nourrice. Enfants, ils s'amusaient, couraient et bavardaient comme si le monde entier leur appartenait. À l'adolescence, les deux garçons possédaient la même fougue et le même désir d'aventure. Alors qu'ils étaient de jeunes adultes, le roi Atimore recruta de nombreux chevaliers afin de constituer son armée et contrer la menace grandissante d'une invasion ackmore. Les deux grands amis s'empressèrent de s'enrôler.

Drake eut toutefois un pincement au cœur au moment de partir à la guerre. Quelques heures avant le départ des troupes, il avait croisé celle pour qui son âme allait vibrer tous les matins de sa vie : Sandrine. Voici la note qu'il avait écrite au sujet de sa rencontre avec elle : « C'était par une de ces journées où la température n'a que des fruits à offrir, où le vent se fait brise et où le soleil réchauffe les cœurs. Marchant le dos bien droit, la main gauche sur la tête de mon épée, je vis la plus belle des clairières au milieu d'une île, le ciel et les étoiles dans la peau d'une femme. J'eus peine à la regarder tellement mes yeux étaient éblouis par la lumière qui l'enveloppait. Mon cœur battait si fort que les boutons de ma veste eurent envie d'éclater.

Je me tenais à une distance de dix pas derrière la belle lorsque, tout à coup, elle se retourna. Dès l'instant où son regard croisa le mien, je me sentis amoureux. Sans que nous ayons échangé un seul mot, nos soleils intérieurs dansèrent la valse au rythme d'une musique céleste. C'était comme s'ils s'accouplaient à travers nos pupilles devenues le centre de l'univers.

J'étais si envoûté que je ne réussis pas à sortir un seul mot de mon gosier devenu trop sec par l'émotion. En passant près d'elle, je lui offris une émeraude et elle me donna en échange un magnifique rubis. J'eus peine à rester debout tellement mes jambes étaient molles. Je savais que le devoir me conduirait à mille lieues, mais il était écrit dans le ciel que ma fiancée attendrait mon retour. »

Danyel ne sut jamais rien de cette histoire. Contrairement à ce que plusieurs avaient cru au départ, les combats durèrent des mois puis des années. Au cours d'une bataille, Danyel eut l'épaule transpercée par une lance. Étendu sur le sol, sous la ligne de tir de l'ennemi, il fut sauvé par Drake. Celui-ci combattait sur un autre front lorsqu'il sentit une vive douleur à l'épaule. Comme il n'y vit aucune trace de sang, il sut immédiatement que son ami avait été blessé sérieusement. La complicité entre Drake et sa monture était telle que, d'instinct, son cheval devina la gravité de la situation. C'est avec des sabots de feu qu'il parcourut les cent lieues qui les séparaient du site où gisait Danyel. Faisant fi des flèches et des lances qui dansaient dans le ciel, Drake s'empara de son ami, le porta sur ses épaules et fila à cheval pour le mettre à l'abri.

À partir de ce moment, la vie des deux hommes emprunta des chemins différents. Drake poursuivit sa chasse à l'ennemi dans des combats de plus en plus féroces. En raison de ses prouesses aux combats, le roi Atimore le nomma chef de son armée. De son côté, Danyel dut quitter le lieu des combats et retourner au royaume des cœurs afin de panser ses blessures. Quelque temps après, il fit la connaissance d'une princesse au cœur d'or, Sandrine, et en tomba follement amoureux. Dès lors, son goût de l'aventure s'éteignit au profit du désir de s'établir et de fonder une famille.

ᥫᩦᥫᩦᥫᩦ

Alors qu'il célébrait une autre de ses victoires, Drake sentit son cœur se serrer. Le visage de sa fiancée lui apparut à la vitesse du faucon qui descend sur sa proie. Pour la première fois depuis leur rencontre, il ne ressentait plus la communion avec elle. Le rubis avait perdu son éclat. Drake comprit alors qu'il venait de livrer sa dernière bataille. C'est avec une sensation de coup de poignard au cœur qu'il parcourut monts et vallées pour retrouver son amoureuse.

Lorsque Drake arriva au royaume d'Atimore, un noir corbeau lui apprit que son meilleur ami s'était marié la veille avec Sandrine, la plus belle des princesses. Drake descendit de cheval, laissa tomber armure et fourreau, et s'écroula sur ses genoux. En regardant le ciel droit dans les yeux, il demanda au Semeur d'étoiles de lui expliquer le sens d'une telle récompense. « Pourquoi? » implora-t-il. Point de réponse. Il tira son épée du fourreau, la brandit vers le ciel et reprit sa question de vie. Là encore, point de réponse. Drake, le plus brave chevalier de l'histoire du royaume des cœurs, noya son soleil intérieur dans l'abîme de ses larmes. Jamais plus il ne remit les pieds au royaume d'Atimore.

Drake erra ensuite de village en village, le regard vide et le soleil éteint. Afin de passer inaperçu parmi les Ackmores, il dut taire sa véritable identité et changer son allure physique. Ayant accumulé plusieurs pièces d'or, fruits de sa vie de chevalier, il décida de s'installer dans le village de Cendrik où il devint aubergiste.

ⓖⓖⓖ

— À ce que je vois, Naémie, tu as encore des problèmes d'allergies!

— Je suis une âme sensible, moi! Il y a de ces histoires d'amour qui se déroulent comme deux trains destinés à se rencontrer, mais qui se croisent en gare sans s'arrêter. Ça me chavire à chaque fois. Continue l'histoire de Kaya, petit Jack. Ça va passer.

— D'accord…

Un coup de bleu

La légende de la chèvre Cendrik fascinait Kaya au plus haut point. Un jour, alors qu'il était assis près de l'arche du village en compagnie de son ami Tiger, Kaya observa plus attentivement le visage sculpté de la chèvre. À l'instant où il eut l'impression que celle-ci avait tourné les yeux dans sa direction et qu'elle tentait de lui lancer un message, une vraie chèvre, sortie de nulle part, vint tout bonnement s'asseoir à ses côtés. La gentille bête lui dit : « L'heure est venue pour toi d'accomplir ta mission, jeune homme aux yeux brillants! » Puis, la chèvre disparut aussitôt, comme par magie. « Peut-être que le soleil m'a tapé trop fort sur la tête? » pensa Kaya, très surpris par ce qui venait de se passer.

Pendant qu'il caressait le ventre de son chat, étendu de tout son long sur ses jambes, Kaya se fit la réflexion suivante : « Si un jour les habitants de Cendrik ont dû fuir la colline pour se réfugier dans la vallée, est-ce possible que cette même colline devienne à son tour leur refuge? » En fait, Kaya eut l'intuition qu'à la tombée de la nuit, la vallée serait inondée en moins de temps qu'il n'en faut pour lever les yeux au ciel. Le seul endroit pour se mettre à l'abri serait alors la colline. Se fermant les yeux, il reçut en tête l'image du sommet de la colline, puis celle d'un feu géant autour duquel les animaux et les villageois s'étaient endormis.

« Mais personne ne voudra me croire! » dit-il à son chat, qui avait suivi le déroulement de ses réflexions. Tiger prit alors ses allures de dur à cuire. Fixant son ami droit dans les yeux, il expliqua à Kaya que l'heure était venue pour lui d'afficher ses vraies couleurs et de prendre son courage à deux mains, comme le ferait un chevalier. C'est ainsi que, faisant fi des moqueries des uns et des autres, Kaya alerta les villageois du danger qu'il pressentait. À son grand étonnement, certains vieillards prêtèrent une oreille attentive à ses propos. L'un d'eux, ancien chef du village, l'interrogea au sujet des images qu'il avait reçues en tête et de son pressentiment. En se remémorant la légende de Cendrik, le vieil homme aperçut dans les yeux de Kaya une lumière de vérité.

Aussitôt, il rassembla ses concitoyens et leur suggéra de passer la nuit sur la colline. Certains l'écoutèrent, d'autres s'en moquèrent. Par bonheur, tous ceux qui avaient conservé un brin de leur cœur d'enfant et tous les animaux suivirent son conseil. À l'approche de la brunante, les anciens allumèrent un feu géant qui permit à chacun de se réchauffer.

Nul ne sut vraiment ce qui s'était passé au cours de cette nuit, car tous ceux qui avaient fui la vallée pour se réfugier sur la colline s'étaient endormis. Plusieurs soupçonnèrent un grand coup de bleu de la part du Semeur d'étoiles, mais le sol de la vallée était sec. Il n'y avait aucune trace d'inondation à l'horizon. Plus rien dans la vallée ne laissait deviner qu'il y avait eu là un village, si ce n'était de l'arche qui, elle, se tenait toujours bien droite. Le sort avait frappé Cendrik une fois de plus.

L'ancien chef du village se leva au milieu des rescapés et porta Kaya à bout de bras pour le nommer nouveau chef de Cendrik. Pour la première fois depuis son enfance à la ferme, Kaya vit, les yeux grands ouverts, de magnifiques soleils briller au cœur de tous ceux qui l'entouraient. Se rappelant le message de Rosie la truie, il dit aux villageois : « Aujourd'hui, le Semeur d'étoiles offre aux habitants de Cendrik une chance de se racheter. La légende d'autrefois est revenue vous visiter. Il est du devoir de tous, ici présents, de faire de Cendrik le village où les enfants n'ont pas d'âge, afin que nul n'ait besoin de fermer les yeux pour accéder au bonheur et afficher ses vraies couleurs.

Que ce soit du haut de la colline où en bas dans la vallée, nul n'est à l'abri de la fatalité lorsque son cœur s'assèche. C'est pourquoi nous devons, toujours et à toute heure, cultiver notre jardin intérieur. »

Lorsque Kaya eut terminé son discours, un grand et beau chevalier apparut sur sa monture, le dos bien droit et la main gauche appuyée sur la tête de son épée. Personne ne le reconnut du premier coup d'œil, quoique Kaya se doutât de quelque chose à la vue de quelques vieux amis... Il s'agissait de Drake chevauchant Sabah. La petite fée Aurélie était tout sourire, juchée sur son épaule. D'un coup de baguette magique, elle lui avait redonné son apparence de chevalier. Surprise! Franck était assis à l'arrière et Sandy la chienne les suivait, accompagnée de sa grande famille. Elle était maintenant grand-mère. Drake était on ne peut plus fier de Kaya.

Le cri d'un aigle dans le ciel fut suivi par un léger tremblement de terre. Huit énormes cristaux jaillirent du sol et formèrent un cercle autour des villageois, donnant ainsi la chance à Aramos, Atimore, Ackmore, Grand Prêtre Dragon, Sandrine, Danyel et toute une panoplie de créatures de les féliciter. Même Rosie la truie réussit à se pointer le bout du nez. Du groupe, Atimore fut le seul à prononcer un discours. Il dit : « La nature est ainsi faite qu'il revient aux adultes de protéger les enfants et de leur offrir un cadre leur permettant de conserver leurs yeux brillants. En contrepartie, il est du ressort des enfants d'aider les adultes à retrouver leur cœur d'enfant et surtout à l'écouter. La route de l'équilibre et de l'harmonie est source de liberté pour qui l'emprunte. Il en sera ainsi jusqu'à la fin des temps… »

ᕙᕗᕙ

— La plume d'aigle est désormais tienne, petit Jack.
— Merci, Naémie. Merci pour tout.

La clef

À trois heures du matin, le portier nous invita à quitter le pub. Je ne savais pas trop comment remercier Monsieur Jacquot et Mister Charles pour cette magnifique soirée. Nous nous sommes donné l'accolade, tels de vieux amis. Je sentis beaucoup d'amour et de tendresse dans leur regard. J'en fus très touché. Sur le chemin du retour vers mon hôtel, j'eus l'impression de marcher sur un nuage. Les gens étaient beaux et Dublin affichait ses vraies couleurs.

Cette nuit-là, j'eus la chance de rêver de l'île de Coll, de Larin et de la petite fée Naémie. J'aurais voulu ne jamais me réveiller tellement je me sentais bien et heureux. Au matin, un rayon de soleil me chatouilla le bout du nez. En ouvrant les paupières, je remarquai que les rideaux de la fenêtre étaient grands ouverts. Pourtant, j'étais convaincu de les avoir fermés avant de me coucher. Intrigué, je balayai la pièce du regard. J'eus droit à l'une des plus belles surprises de ma vie lorsque je vis, sur la petite table devant le lit, une clef en fer forgé et un bout de papier rose sur lequel était assis un lutin de plomb aux allures de marin. Sans tarder, je filai sous la douche, engloutis un croissant à la vitesse de l'éclair et pris la route en direction de l'île de Coll…

Table

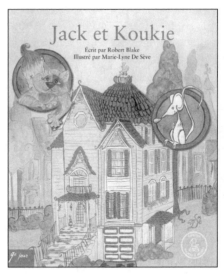

ISBN : 978-2-9809785-2-4
36 pages

ISBN : 978-2-9809785-1-7
32 pages

Robert Blake

Le Voyage

Conte

9e jour

Best-seller

ISBN : 978-2-9809785-3-1
123 pages

MARQUIS

Québec, Canada